VECINOS DEL INFIERNO

por Juan Fernández

WARNING

There are a few bad words, religious references and some scenes of sex and violence in this book that may not be suitable for young children.

Furthermore, you, dear reader, may not like any of the characters in the story and find outrageous some of the things they say or consider some situations distasteful.

Remember also that many of the stories mentioned in the book end badly and some scenes may scare the hell out of you.

Finally, the author kindly reminds you that he often uses self-deprecating, surreal, dry, dark and a very silly sense of humour, which can be difficult to understand with all its nuances in a foreign language. In fact, his previous books caused considerable confusion to readers who didn't get the jokes.

Consider yourself warned.

AVISO

En este libro hay algunas palabrotas, expresiones malsonantes, referencias religiosas y escenas de violencia y sexo que pueden no ser adecuadas para niños pequeños.

Además, es posible que a usted, querido lector, no le guste ninguno de los personajes de la historia y quizás encuentre indignantes algunas de las cosas que dicen o tal vez le parezcan de mal gusto algunas de las situaciones que se describen.

Recuerde también que muchas de las historias mencionadas en el libro terminan mal y que algunas escenas pueden asustarle muchísimo.

Finalmente, el autor desea recordarle que él a menudo utiliza un tipo de humor negro, autocrítico, surrealista y bastante tonto, difícil de captar en todos sus detalles en otro idioma. De hecho, sus libros anteriores causaron una confusión considerable en algunos lectores que no entendieron los chistes.

Considérese usted advertido.

ACERCA DEL AUTOR

El tipo que ha escrito esta historia se llama Juan Fernández y es español, concretamente de la ciudad más bonita de España: Granada. Sin embargo, por esas cosas del destino, hace ya más de veinte años que vive en Inglaterra.

Se fue a Londres en 1997 para aprender inglés, prometiendo que no volvería a España hasta que no hablara bien la lengua de Shakespeare. Fiel a su promesa, allí sigue. Todavía no ha vuelto.

Durante muchos años dio clase de español en University College London (UCL), una universidad muy importante de Inglaterra donde estaba encantado.

Pero eso era antes. Ahora se dedica a enseñar español por su cuenta y poco a poco ha logrado ser (moderadamente) feliz.

¿Por qué escribe Juan historias para estudiantes?

Juan piensa que leer historias graduadas, adaptadas al nivel del estudiante, es una de las mejores maneras de aprender gramática y vocabulario en contexto, de una manera natural, casi sin darte cuenta.

En su opinión, uno de los grandes errores que cometemos a menudo, tanto los estudiantes como los profesores de idiomas, es "sobre analizar" la gramática e intentar comprenderlo todo de forma teórica.

¿Cuál es el método de Juan para enseñar español?

En lugar de centrarse en el estudio teórico de la gramática, Juan propone un método basado en tres puntos:

1. Leer y escuchar muchas historias.

2. Repetición gradual de expresiones clave.

3. Aprender en contexto.

Vecinos del infierno, la historia que está usted a punto de comenzar a leer, ha sido escrita siguiendo estos tres puntos.

ACERCA DEL LIBRO

Recuerde que Vecinos del infierno es una historia, no un libro de texto. Por lo tanto, no espere encontrar aquí muchas explicaciones teóricas de gramática.

Este tipo de historias se llaman Lecturas Graduadas y están adaptadas para estudiantes de español.

Se llaman "graduadas" porque están ordenadas en diferentes niveles de dificultad: principiantes, preintermedio, intermedio, intermedio alto y avanzado.

Vecinos del infierno es una Lectura Graduada para estudiantes adultos con un nivel intermedio o intermedio alto de español. Le ayudará a aprender, repasar y consolidar el vocabulario y la gramática del nivel B1 y B2 del Marco Común Europeo de Referencia para las Lenguas.

¿Por qué leer Lecturas Graduadas?

Mientras estás leyendo, tu mente se olvida un poco de la gramática y está ocupada en entender la historia. Tu principal interés es saber qué va a pasar después, las motivaciones de los personajes, quién de ellos es el asesino, por qué se comportan así... De esta forma, casi sin darte cuenta, vas interiorizando poco a poco las reglas gramaticales de la lengua.

El resultado es que, al final, quizás no sepas explicar por qué una frase está bien o está mal gramaticalmente, pero la has visto escrita tantas veces que casi de una forma intuitiva sabes que es correcta o incorrecta porque simplemente te suena bien o te suena mal.

Según Juan, esta forma de aprender un idioma en el contexto de una historia es mucho más eficaz que memorizar listas de palabras aisladas o analizar de forma teórica interminables reglas de gramática.

¿Tengo que usar el diccionario?

Le aconsejo que no intente averiguar el significado de cada palabra; que no se detenga a buscar en el diccionario todas las palabras o expresiones que no entienda. Intente, en cambio, deducir o inferir su significado en el contexto de la historia. Si pasa usted demasiado tiempo buscando qué quieren decir todas las palabras que no conoce, la lectura le resultará muy aburrida y llegar al final del libro puede convertirse en una tortura.

Por último, recuerde que el objetivo de leer Vecinos del infierno no es analizar demasiado la gramática ni memorizar listas de palabras, sino disfrutar de la historia y averiguar quién es el asesino.

Juan Fernández

www.1001reasonstolearnspanish.com

TABLA DE CONTENIDO

1. Ruido

Llevaba varios meses sin dormir por las noches. No podía pegar ojo.

¿Estaba enfermo? ¿Estaba preocupado por algún problema?

¿Me sentía culpable por algo?

No, no estaba enfermo ni estaba preocupado por ningún problema en particular, ni me sentía culpable de nada.

Lo que pasaba es que **unos meses atrás** (1) se había mudado al piso de al lado un nuevo inquilino. Era un tipo de unos treinta y cinco años, serio, **con cara de pocos amigos** (2), que vivía solo y que nunca saludaba cuando me lo encontraba subiendo o bajando las escaleras o cuando coincidíamos en el ascensor.

No era una persona muy sociable, pero eso a mí me daba igual. Yo tampoco lo era.

El problema es que el dormitorio de mi nuevo vecino estaba justo al lado del mío y por las noches el tipo roncaba como un cerdo y no me dejaba dormir.

¡Romromromrrrrrrr!
¡Romromromrrrrrrr!
¡Romromromrrrrrrr!

Las paredes de aquel edificio eran tan finas que se oía todo lo que pasaba en los otros pisos.

A mí nunca me han gustado los cotilleos ni me ha interesado nunca saber de la vida de los demás, pero sabía, por los ruidos que me llegaban desde otros pisos del bloque, que el vecino del cuarto derecha, por ejemplo, miraba vídeos porno cuando su mujer se iba a trabajar y él se quedaba solo en casa; que la del cuarto izquierda, que parecía **una mosquita muerta** (3) cuando me la encontraba por las escaleras, hacía el amor con su marido todas las mañanas, a eso de las siete, encima de la mesa y en el suelo de la cocina, dando alaridos como una loca; que las dos solteronas del segundo padecían de gases y que el del primero seguramente tenía problemas de próstata, porque se levantaba todas las noches cuatro o cinco veces para ir al baño.

Yo llevaba unos cinco años viviendo allí, o sea, prácticamente desde que me jubilé. Soñaba con mudarme a una casa en el campo, lejos de todo y de todos, pero por el momento no me lo podía permitir y tenía que resignarme a vivir entre aquellas cuatro paredes, tan finas que parecían hechas de papel, rodeado de vecinos molestos. *so thin*

La verdad es que, por un motivo o por otro, me caían todos mal. No había ni un solo vecino que me cayera bien.

En realidad el piso era de mi yerno, el marido de mi hija, que a su vez lo había heredado de sus padres, los cuales habían vivido allí hasta su muerte.

Al parecer los dos murieron en un trágico accidente, cuando él, el marido de mi hija, era aún menor de edad. Creo que tan solo tenía dieciséis o diecisiete años.

Yo entonces no sabía muchos detalles sobre lo que había pasado exactamente, porque a mi yerno, comprensiblemente, no le gustaba mucho hablar de ello y yo no quería incomodarlo con preguntas impertinentes.

Total, que, como con la pensión tan pequeña que me había quedado yo no podía permitirme pagar un alquiler en el centro, mi hija

gratis

convenció a su marido para que me dejase vivir allí **por la cara** (4). Yo solo tenía que pagar la factura del agua y de la luz.

Para mí era una humillación tener que vivir de la caridad de mi yerno, sinceramente, pero no tenía alternativa. Tras el divorcio, mi exmujer se había quedado con la casa y me había puesto **de patitas en la calle** (5).

El caso es que, como estaba diciendo, llevaba varios meses sin poder dormir por las noches por los ronquidos del tipo que vivía al lado. Su dormitorio estaba, pared con pared, al lado del mío. Y como la pared era tan fina, parecía que dormíamos los dos juntos en la misma habitación.

¡Romromromrrrrrrr!
¡Romromromrrrrrrr!
¡Romromromrrrrrrr!

Cansado de dar vueltas en la cama, acababa por levantarme. Me iba al salón y me ponía a leer. Leía novelas de detectives: Agatha Christie, Montalbano, Sherlock Holmes, Jessica Fletcher...

Eran los únicos libros que había en la casa. En realidad no eran míos, sino de mi exmujer. Me dijo que me los llevara yo, que no le quedaba espacio en la casa y que ya vendría a por ellos algún día. Cinco años después de nuestro divorcio allí seguían, **muertos de risa** (6), metidos en las mismas cajas donde ella los había puesto.

Eso era algo muy normal en ella. Nunca cumplía sus promesas. Decía que iba a hacer algo y nunca lo hacía. Otro ejemplo: cuando nos casamos me juró amor eterno y serme fiel hasta el final de nuestros días.

¡Ja!

Su amor eterno duró hasta el día que conoció al masajista de su gimnasio. Ese mismo día terminó su amor eterno hacia mí. Aquella misma noche, tan solo unas horas después de conocer al maldito masajista, rompió también su promesa de fidelidad. No digo más. A buen entendedor, pocas palabras bastan...

Bueno, total, el caso es que desde hacia algún tiempo, como no podía dormir, yo me pasaba las noches en el salón de mi casa, bebiendo café y leyendo novelas de detectives de mi exmujer, hasta que mi vecino de al lado se levantaba para irse a trabajar.

Menos mal que el tipo se levantaba muy temprano. Era taxista y empezaba su turno a eso de las seis de la mañana, así que a las cinco o cinco y media él salía de casa y yo podía, por fin, volver a la cama.

Cuando mi vecino se iba a trabajar, yo me acostaba, pero ya no me podía quedar dormido. Había comenzado una historia de detectives y no podía dejarla a la mitad. Tenía que saber qué pasaba.

Lo que hacía era que me llevaba el libro a la cama y seguía leyendo allí. No me dormía hasta que no terminaba el libro y descubría quién era el asesino.

Menos mal que estaba jubilado y al día siguiente no tenia que currar. Podía quedarme en la cama toda la mañana sin problemas.

La verdad es que **a fuerza de** (7) leer historias de detectives, desarrollé una habilidad especial para averiguar quién era el asesino en cada caso.

En realidad, todas las novelas seguían un modelo similar. Primero te hacían sospechar de varios personajes que, aparentemente, tenían motivos más que suficientes para haber asesinado a la víctima; pero al final, con un revés dramático totalmente inesperado y sorprendente, se descubría que el culpable era el personaje más insospechado; alguien con apariencia de no haber roto nunca un plato y que había logrado pasar totalmente desapercibido hasta ese momento.

Se me daba tan bien el papel de detective que en muchos casos descubría quién era el asesino hacia la mitad del libro. A veces, ya desde las primeras páginas sabía quién era el culpable. Bastaba ser un poco observador.

Los detalles estaban ahí, pero había que saber verlos. A mí no se me pasaba por alto ningún detalle de las historias que leía.

¡Y pensar que mi exmujer siempre decía que yo nunca prestaba atención a los detalles! De hecho, esa fue su excusa para dejarme por el masajista: que yo no tenía detalles con ella. Decía que yo nunca la llevaba a cenar fuera, que nunca le regalaba nada, que me olvidaba de su cumpleaños...

—¡Paparruchas! —le dije—. ¡Lo que pasa es que el masajista **está mucho más bueno** (8) que yo!

Ella miró hacia otro lado y no dijo nada. Sabía que yo tenía razón.

En fin, que, como estaba diciendo, el caso es que no me podía quedar dormido hasta que terminaba el libro.

Al día siguiente me despertaba tardísimo, prácticamente a la hora de comer.

Excepto los viernes.

Los viernes no podía quedarme en la cama durmiendo hasta tarde porque venia mi hija a visitarme.

A las diez de la mañana entraba en el piso como un torbellino, hablando a voces y haciendo un montón de ruido.

—¡Papá, levántate! ¿Qué haces todavía en la cama?

Luego abría todas las ventanas, ya hiciera frío o calor, y se ponía a limpiar el polvo, a barrer el suelo, a lavar el cuarto de baño, a fregar los platos... Decía que estaba todo muy sucio.

En eso se parecía a su madre. Las dos estaban obsesionadas con la limpieza.

Cuando terminaba de hacer las tareas de la casa, se ponía a cocinar y luego comíamos juntos.

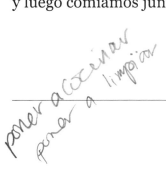

—He comprado este chorizo, papá. Espero que sea bueno. Estaba en oferta.

—Creo que le he echado demasiada sal al arroz, ¿no te parece, papá?

—¿No comes más ensalada? Tienes que comer más verdura, papá.

—Papá, el lunes hice una paella para chuparse los dedos.

Mi hija era tan aburrida como su madre. Solo hablaba de comida.

Odio a las personas que hablan de comida mientras comen. **Me aburren soberanamente** (9). Y mi hija no era ninguna excepción.

Mientras ella hablaba, yo comía y callaba. La dejaba hablar y de vez en cuando **asentía con la cabeza** (10) fingiendo que me interesaba todo lo que decía, pero en realidad no la escuchaba.

Mientras ella me contaba las ofertas que había visto en el supermercado o lo que iba a preparar para la cena, **yo estaba en las nubes** (11), pensando en mis cosas.

Tenía con mi hija una relación muy similar a la que había tenido antes con su madre.

No me interprete mal, querido lector. No piense que yo era un mal padre o un mal marido. No, no es eso.

Yo hacía un esfuerzo por escucharlas a ambas. Tenía siempre el propósito de mantener una conversación medianamente inteligente con ellas, pero me aburría soberanamente todo lo que me contaban y a los dos minutos terminaba por dejar de prestar atención a lo que decían.

Aquel viernes, sin embargo, mientras comíamos juntos, mi hija hizo algo inesperado que me hizo **bajar de las nubes** (12).

—¡Feliz cumpleaños! —me dijo, levantando la copa de vino para brindar conmigo.

Yo también levanté mi copa, de forma instintiva, como un reflejo, y brindé con ella. Pero enseguida pensé "¿Feliz cumpleaños? ¿De qué habla esta loca?"

Viendo la confusión en mi cara, ella se echó a reír. Luego se levantó de la mesa y fue a buscar algo en su bolso.

—¡Toma! Esto es para ti —me dijo, volviendo a sentarse enfrente de mí.

Yo la miré sorprendido. Tenía un paquete en las manos y me lo estaba alargando para que yo lo cogiera.

—¡Feliz cumpleaños, papá! —me dijo otra vez, guiñándome un ojo.

—¿Feliz cumpleaños? ¿Pero es que te has vuelto loca como tu madre? —Yo estaba muy sorprendido porque estábamos en junio y mi cumpleaños es en septiembre.

—¡Sé perfectamente cuando es tu cumpleaños, papá! ¡No estoy tan mal de la cabeza como tú piensas! —me dijo ella, echándose a reír otra vez—. Pero es que creo que esto te hace falta ahora, no dentro de cuatro meses —insistió ella, misteriosamente. Parecía alegre. Siempre que bebía vino se ponía contenta. No estaba acostumbrada al alcohol. En eso no se parecía a su madre.

—¿Qué es? —le pregunté, cogiendo el paquete con las manos. No tenía ni idea de qué se trataba.

—¡Ábrelo y lo sabrás! —me contestó ella—. Es algo que te hace falta...

Recuerdo que en aquel momento pensé "¡Me hacen falta tantas cosas! Pero no creo que ninguna de ellas esté en esta caja". No le dije nada, claro. Simplemente me puse a abrir el regalo obediente, como ella me había dicho.

Nunca me ha gustado ni dar ni recibir regalos, ni siquiera de mi familia. Me parece una situación muy embarazosa. Se me da fatal fingir que me gusta algo que no me gusta. No sé mentir. La gente me lo nota enseguida en la cara.

En esto pensaba mientras abría el regalo de mi hija. Sin embargo, en aquella ocasión no tuve que mentir.

Creo que fue la primera vez (y probablemente también la última) que mi hija me hizo un regalo que realmente me gustó. Por eso suspiré aliviado. Al menos no tenía que fingir una alegría que no sentía.

—¿Un par de auriculares? —le pregunté yo. Era una pregunta retórica, claro. Era obvio que se trataba un par de auriculares.

—¡Sí, exacto! Pero no son unos auriculares normales. Míralos bien, papá. Mira lo que dice la caja.

Miré la caja como ella me decía y, por primera vez en mucho tiempo, tuve ganas de sonreír.

Vocabulario 1

(1) **Unos meses atrás:** unos meses antes.

(2) **Con cara de pocos amigos:** muy serio, con apariencia de ser poco agradable, antipático, etc.

(3) **Parecía una mosquita muerta:** con apariencia de ser una mujer inocente e inofensiva.

(4) **Por la cara:** gratis, sin pagar nada.

(5) **Me había puesto de patitas en la calle:** poner a alguien "de patitas en la calle" es echarlo de un lugar, expulsarlo.

(6) **Muertos de risa:** se dice que un objeto "está muerto de risa" cuando no se usa durante mucho tiempo.

(7) **A fuerza de:** conseguir algo gracias a un esfuerzo continuo y gradual. ("A fuerza de ver películas en versión original, logré una nota muy alta en el examen de inglés").

(8) **Está mucho más bueno** (que yo): cuando nos referimos a una persona, "estar bueno" o "estar buena" significa ser muy

atractivo físicamente. Es una expresión muy coloquial y un poco vulgar.

(9) **Me aburren soberanamente:** me aburren mucho.

(10) **Asentir con la cabeza:** mover la cabeza arriba y abajo en señal de aprobación.

(11) **Yo estaba en las nubes:** la expresión "estar en las nubes" se usa cuando alguien está distraído, sin prestar atención o soñando despierto.

(12) **Bajar de las nubes:** volver a la realidad, dejar de soñar despierto.

headphones.

2. Maderos

Leí lo que decía la caja donde venían los auriculares.

¡NO A LOS RUIDOS!

Pase lo que pase a tu alrededor, la tecnología de reducción de ruido digital bloquea el ruido de fondo para que te puedas centrar por completo en la música o en lo que tú quieras.

Me quedé de piedra. No lo podía creer. Era casi un milagro. Por primera vez en su vida, mi hija **había dado en el clavo** (1) regalándome algo que realmente me hacía falta.

—¡Son geniales! ¡Me encantan! —le dije con sincera alegría. Por primera vez en mi vida no tenía que fingir que estaba contento al abrir un regalo suyo—. Te deben de haber costado un ojo de la cara. ¿No, hija?

fingir – to pretend

—¡Papá, deja de preocuparte por el dinero! —me contestó ella, sirviéndose más vino—. Andas siempre quejándote de que las paredes son de papel, que escuchas todo lo que hacen los vecinos y que no pegas ojo por las noches.

—Sí, es verdad. Sobre todo, desde que se mudó aquí el tipo de al lado, que ronca como un cerdo.

—En cuanto los vi supe que era lo que te hacía falta. Te ayudarán a estar más tranquilo durante el día y a dormir mejor por la noche. Dormir mejor te hará bien, papá.

—Sí, ya, pero es que estos auriculares deben de ser carísimos y ahora que tu marido se ha quedado sin trabajo otra vez... —Antes de terminar la frase, ya me estaba arrepintiendo de mencionar que mi yerno estaba de nuevo en paro. A mi hija no le gustaba que yo hablara mal del **gandul** (2) con el que se había casado.

—¡Deja en paz a mi marido, papá! En realidad ha sido idea suya, ¿te enteras? —me contestó ella de mal humor.

—¿En serio? ¡Eso sí que es una sorpresa! —le dije yo, mirándola con los ojos abiertos como platos. No me esperaba que mi hija tuviera el detalle de comprarme unos auriculares tan buenos y tan caros como aquellos, mucho menos mi yerno. *son mi law*

—Damián es mejor persona de lo que tú piensas, papá. —me dijo ella, secamente. Mi hija no perdía ocasión de defender al gandul de su marido ante mis ojos—. Aunque a ti te caiga mal, tú a él le caes bien y se preocupa por ti.

—Si tú lo dices... —le dije yo, mirando para otro lado. No tenía ganas de seguir discutiendo con ella.

—¡Es por tu salud mental! Si te soy sincera, la verdad es que estás cada vez de peor humor. Todo el mundo te cae mal, te pones nervioso por todo... Te has vuelto un poco insoportable, papá, perdona que te lo diga.

La verdad es que mi hija tenía un poco de razón. Tranquilidad era lo que más necesitaba en aquel momento.

De hecho, mi vida cambió completamente a partir del día en el que me puse aquellos auriculares por primera vez y descubrí que con ellos puestos podía aislarme completamente de todo y de todos. *positions*

Muy pronto en matemáticas.

Si quería olvidarme del mundo y estar en silencio, tranquilo, con la única compañía de mis pensamientos, solo tenía que ponérmelos y ya está.

Ni siquiera hacía falta que escuchara música. Tan pronto como me los ponía, sin más, los auriculares me aislaban por completo de todos los ruidos externos. Para un introvertido como yo (o, como diría mi exmujer, para **un viejo gruñón y cascarrabias** (3); para un asocial y un eterno amargado como yo al que nada le gustaba ni nadie le caía bien), aquello era el paraíso.

Ya no tenía problemas para dormir. El vecino de al lado podía roncar cuanto quisiera, que yo no escuchaba nada.

En cuanto pude volver a **dormir a pierna suelta** (4) por las noches, mi humor cambió por completo. Me sentía menos cansado durante el día; estaba de mejor humor, más contento y más satisfecho con mi vida. Más productivo incluso.

Notaba que me concentraba mejor y que tardaba menos en hacer tareas de tipo cognitivo, como leer el periódico o poner la lavadora, y que hasta entendía mejor las cartas del banco.

"¡Ay! Si hace unos años hubiera dormido mejor, quizás ahora mi vida sería diferente", me decía. "Quizás habría entendido mejor las cartas que me mandaba el abogado de mi exmujer y tal vez ella no se habría quedado con la casa y, por tanto, yo ahora no estaría viviendo en este **cuchitril** (5) de piso con las paredes de papel. Sería ella, no yo, la que estaría viviendo aquí con su novio masajista".

espacio cerrado

Me sentía tan bien que incluso ganaba alguna partida de ajedrez en el bar de vez en cuando. ¡Yo, que no ganaba nunca! De hecho, los dejé a todos con la boca abierta la primera vez que di un **jaque mate** (6).

—¡Te has convertido en **un as** (7) del ajedrez, tío! —me dijo mi amigo Carlos un día—. ¡Si no fueran tan caros, me compraría yo también un par de auriculares como esos! ¡Ojalá tuviera yo una hija tan **guay** (8) como la tuya!

Carlos tenía razón. **Mi hija había acertado de lleno** (9) con aquel regalo. Y justo ahora, además, que no debía de estar **nadando en la abundancia** (10) precisamente.

El golfo, el parásito, el vago, el gandul, el chulo de su marido acababa de **quedarse en paro** (11) otra vez y tenía que encargarse ella sola de la casa, de sus dos hijos, del perro...

El tipo nunca me había caído bien.

En cuanto lo vi por primera vez me di cuenta de que era un vividor, un charlatán de feria, un chulo, un caradura y un flojo incapaz de mover un dedo para trabajar; **un niño mimado** (12) que había estado acostumbrado toda su vida a que su mamá y su papá se lo hicieran todo en casa. Uno de esos **guaperas** (13) que parecía pensar que, como era guapo y estaba bueno, el mundo entero estaba en deuda con él.

Ya se lo dijimos su madre y yo en su momento: "Nena, ¿estás segura? Mira que con 18 años todavía eres muy joven y no tienes que tener ninguna prisa por casarte. Puedes continuar viviendo aquí con nosotros hasta que te dé la gana".

—¡Estoy locamente enamorada! ¡Mi vida no tiene sentido sin él! —nos contestó, la muy **cursi** (14).

Aunque esté feo que un padre hable así, tengo que decir que mi hija siempre ha sido muy cursi.

Todo por culpa de su madre, claro. Desde que era muy pe
exmujer se sentaba a su lado en la cama y le leía un rato todas las
noches alguna historia hasta que se quedaba dormida.

Pensará, querido lector, que leer cuentos a los hijos en la cama es
una costumbre muy buena que fomenta en los niños la imaginación
y la pasión por la lectura.

Sí, estoy de acuerdo.

El problema es que mi exmujer no le leía a nuestra hija cuentos
infantiles como Caperucita y el lobo o Cenicienta. No, ella le leía
solo novelas rosa de **Corín Tellado** (15) y cosas así; historias
románticas y empalagosas, tan dulces que deberían estar
prohibidas para diabéticos; historias donde el máximo anhelo de las
mujeres protagonistas era conocer al hombre de sus sueños, casarse
y tener muchos hijitos.

Después de pasar toda su infancia escuchando aquellas
paparruchadas románticas que le contaba mi exmujer por las
noches antes de dormir, no era de extrañar que mi hija creciera
como una cursi y que terminara casándose a los 18 años con un
gandul que **no tenía dónde caerse muerto** (16), un caradura
que la **chuleaba** (17).

Yo hubiera querido que mi hija fuera como **Mafalda** (18), pero acabó convertida en **Susanita** (19) por culpa de su madre.

En fin, el pasado pasado está. Ya de nada sirve lamentarse. **A lo hecho, pecho** (20), como suele decirse.

"¡Será cursi, pero por lo menos tiene buen corazón!", pensé yo, cuando me regaló los auriculares. "¡Esto demuestra que su padre todavía le importa!".

La verdad es que, con aquel regalo, mi hija había dado en el clavo. Era justo lo que me hacía falta en aquel momento.

¿Quién hubiera dicho que, simplemente poniéndome un par de auriculares, podría dar un giro tan radical a mi vida? Si lo hubiera sabido, me los habría comprado antes. Me sentía un hombre nuevo.

Pensaba que, tal vez, quién sabe, si de joven hubiera dormido más horas, ahora quizás fuera un hombre de éxito en lugar de un fracasado, como decía mi exmujer.

Ese parecía ser el secreto de tener éxito en la vida: dormir más horas.

"Tal vez me casé con mi mujer porque yo de joven andaba siempre medio dormido y no podía pensar con claridad", pensé.

En fin. Ahora ya era demasiado tarde para lamentarse de lo que pudo haber sido y no fue.

El caso es que, con aquellos auriculares puestos, no me enteraba de nada de lo que pasaba a mi alrededor. Si quería aislarme del mundo, me los ponía y ya está. ¡Adiós a todo y a todos!

Cuando llegaba la hora de irme a la cama, me ponía los auriculares y dormía como los angelitos. El tío de al lado podía roncar cuanto quisiera, que yo no me enteraba de nada.

Continuaba leyendo, eso sí. Había cogido el hábito de leer historias de misterio y ahora no lo podía dejar. Me sentía muy orgulloso de mí mismo cada vez que descubría quién era el asesino en una novela.

Es un poco triste decirlo, pero, por aquel entonces, leer aquellas historias de detectives era el único **aliciente** (21) que tenía en la vida. Al menos mientras leía no tenía que pensar en mi exmujer, ni en la cursi de mi hija, ni en el gandul de su marido, ni en aquella soledad que me estaba matando lentamente.

Cuando quería evadirme de todo, me ponía los auriculares, agarraba una novela de **Montalbano** (22) o de Agatha Christie y todos los pensamientos tristes desaparecían **en un santiamén** (23), como por arte de magia.

La diferencia es que ahora leía cuando me apetecía, cuando tenía ganas. No estaba obligado a leer solo por las noches, escuchando de fondo los ronquidos del vecino, como si fuera **la banda sonora de una película** (24).

Pero aquellos días de paz y tranquilidad duraron poco.

Un día abrí **el buzón del correo** (25) y me encontré una carta del presidente de la comunidad. En cuanto la vi, el corazón me dio en vuelco.

"¡Oh, no! ¡Qué horror! ¡Otra de esas malditas reuniones de vecinos! ¿Qué se habrá roto esta vez? ¿Cuánto habrá que pagar ahora?"

Normalmente, las reuniones de la comunidad de vecinos solo tenían lugar cuando algo del bloque se rompía y había que hacer alguna reparación urgente que, por lo general, **costaba un huevo** (26).

Menos mal que el hijo del presidente tenía una pequeña compañía de construcciones y hacía todas las reparaciones en el edificio que fueran necesarias a un buen precio.

Y no eran pocas, ¿eh? No pasaba un mes sin que hubiera algo roto que reparar. Que si la luz de las escaleras, que si pintar la fachada, que si arreglar el techo, que si las tuberías del agua...

En fin, que cuando el presidente convocaba una de aquellas reuniones de vecinos, **yo me echaba a temblar** (27).

Todavía recuerdo un año que nos tocó pagar la limpieza del ascensor porque alguien había escrito en el interior una frase ofensiva:

LA DEL QUINTO: PUTA

En la reunión que hicimos para hablar de ello, el marido de la del quinto se enfadó muchísimo e insistió en que todos los vecinos pagásemos la limpieza de las paredes del ascensor y que se pusiera una cámara de vigilancia dentro para evitar que volviera a ocurrir un acto vandálico semejante.

El del cuarto derecha se levantó de la silla donde estaba sentado y, mordiéndose los labios para no reírse, empezó a decir que no valía la pena gastar tanto dinero en aquello; que la frase estaba escrita con letras muy pequeñas y que había que fijarse mucho para entender lo que decía.

Luego añadió que, de todas formas, según él, ser puta hoy en día no era ningún insulto y que trabajar en la industria del sexo no podía entenderse como una ofensa.

El marido de la del quinto pensó que el del cuarto derecha le estaba tomando el pelo y se enfadó aún más. **Se puso hecho una fiera** (28). Los dos estuvieron a punto de **llegar a las manos** (29). Menos mal que los separaron.

Al final, se decidió poner una cámara de vigilancia y limpiar las paredes del ascensor de arriba abajo.

El presidente nos dijo que instalar una de esas cámaras costaba un ojo de la cara, pero que no nos preocupásemos porque su hijo nos haría un buen precio.

Menos mal. Todos los vecinos **suspiramos aliviados** (30). Después de todo, teníamos suerte de que el hijo del presidente de la comunidad se encargase del mantenimiento del edificio.

La cámara de seguridad, sin embargo, duró poco. A los pocos días de ponerla, alguien la rompió a golpes hasta dejarla inservible y escribió en la pared del ascensor con letras enormes:

EL DEL QUINTO: CABRÓN

Han pasado dos años y allí sigue la frase. De vez en cuando alguien, me imagino que el tipo del quinto, la borra; pero a los dos días vuelve a aparecer otra nueva frase insultante con letras aún más grandes que la anterior y siempre en referencia al tipo del quinto o a su mujer.

En fin, que, hasta ahora, sea quien sea el que se dedica a escribir esos insultos en el ascensor, **se ha salido con la suya** (31). Debe de ser alguien que odia a los del quinto. **Vete tú a saber por qué** (32).

Total, que cuando aquel día abrí el buzón y vi la carta del presidente de la comunidad convocando una nueva reunión de vecinos, me eché a temblar. Seguramente habría que pagar algo roto y yo, con mi modesta pensión, no estaba nadando en la abundancia precisamente.

Desde que me jubilé, tenía que mirar cada céntimo que gastaba. Después de pagar las facturas del gas, del agua, de la luz y del teléfono, y después de pasarle a mi exmujer su asignación mensual, lo único extra que me podía permitir era el cafecito que me tomaba después de la siesta en el bar de la esquina, mientras jugaba al ajedrez con Carlos y los colegas del barrio. **Pare usted de contar** (33).

Hacía siglos que no veía una película en una pantalla grande. Los cines se habían puesto carísimos.

Tampoco iba de tapas con los amigos. Como yo no pagaba ninguna ronda, al final dejaron de llamarme para salir. Supongo que pensarían que yo era **un gorrón y un caradura** (34).

Ya ni siquiera me compraba ropa. Llevaba la misma chaqueta y los mismos pantalones todos los días y la última vez que me compré un par de calzoncillos nuevos fue el 11 de septiembre del 2007. Me acuerdo muy bien porque era mi cumpleaños y aquel día había quedado con una tía para salir.

Recuerdo que estaba muy ilusionado porque aquella tía me gustaba mucho. De hecho, me compré los calzoncillos por ella, porque no quería darle una mala impresión en caso de que acabáramos en la cama.

Fue un gasto inútil. Al final de la cena, la tía me dijo que le dolía la cabeza y se largó a su casa en taxi.

No volví a comprarme calzoncillos. No valía la pena. "Qué más da, si de todas formas ya nadie me va a ver desnudo", pensé con tristeza.

En fin, que estaba pasando por **una mala racha** (35) económica y lo último que necesitaba era tener otro gasto más.

¡Hasta el gato que tenía se lo tuve que dar a unos amigos porque yo no me podía permitir darle de comer al pobre animal!

"Si la cosa sigue así, tendré que mudarme a un piso más barato," me decía tristemente. Luego caía en la cuenta de que estaba viviendo en el piso de mi yerno por la cara, sin pagar alquiler, y me ponía aún más triste.

En fin, que fui a la reunión de vecinos con el ánimo por los suelos, resignado a tener que pagar **un montón de pasta** (36) para hacer una nueva reparación en el edificio.

Me equivocaba. Ojalá hubiera sido eso.

Esta vez el problema era diferente.

Cuando llegué a la reunión y vi a dos tipos muy serios sentados, uno a la derecha y otro a la izquierda del presidente de la comunidad, me di cuenta de que la situación era aún peor de lo que yo había imaginado.

No sé por qué, pero tan pronto como los vi supe que se trataba de dos **maderos** (37).

Vocabulario 2

(1) Había **dado en el clavo:** la expresión "dar en el clavo" significa acertar, hacer algo correctamente. En el contexto de la historia, la hija del protagonista "da en el clavo" con su regalo porque le ha comprado a su padre algo que él realmente necesitaba en ese momento.

(2) **Gandul:** vago, perezoso, que no le gusta trabajar.

(3) Un viejo **gruñón y cascarrabias:** Las palabras "gruñón" y "cascarrabias" son similares. Se usan para describir a alguien (a menudo alguien mayor) que está siempre de mal humor y se queja con frecuencia.

(4) **Dormir a pierna suelta:** dormir durante mucho tiempo y de forma ininterrumpida.

(5) **Cuchitril:** un espacio cerrado (una casa, una habitación, un garaje, un taller, una tienda, etc.) muy pequeño.

(6) **Jaque mate:** en el juego del ajedrez, "jaque mate" es la jugada final que da la victoria al jugador que la realiza.

(7) **Un as:** persona que realiza muy bien alguna actividad.

(8) **Guay:** en el lenguaje coloquial, algo o alguien muy bueno, estupendo, genial.

(9) Mi hija había **acertado de lleno:** "dar de lleno" es una expresión similar a dar en el clavo.

(10) **Nadando en la abundancia:** tener mucho dinero o riqueza, en general.

(11) **Quedarse en paro:** perder el puesto de trabajo, perder el empleo y quedarse desocupado.

(12) Un niño **mimado:** una persona "mimada" es alguien al que otras personas dan todo lo que quiere, todo lo que desea, sin realmente merecerlo y sin hacer ningún esfuerzo por conseguirlo.

(13) **Guaperas:** forma despectiva de referirse a un hombre guapo.

(14) **Cursi:** alguien demasiado dulce o delicado en sus formas (ropa, lenguaje, modales, gustos, etc.)

(15) **Novelas rosa de Corín Tellado:** Corín Tellado fue una escritora española muy prolífica (publicó alrededor de 5000 novelas). Escribía historias románticas que eran muy populares, principalmente entre las mujeres de la época. De hecho, después de Cervantes, Corín Tellado es la escritora española más leída.

(16) **No tenía dónde caerse muerto:** la expresión "no tener dónde caerse muerto" se usa para referirse a alguien pobre, que no tiene mucho dinero.

(17) **Chuleaba:** el verbo "chulear" se refiere al hombre (el chulo) que prostituye a una mujer y vive del dinero que ella consigue. En el contexto de esta historia, el protagonista usa "chulear" para describir de forma despectiva el hecho de que su yerno no trabaja y vive del dinero de su mujer (la hija del protagonista).

(18) **Mafalda:** famoso personaje de cómic del dibujante argentino Quino. Mafalda es una niña que tiene un pensamiento crítico y pone en cuestión la sociedad y las costumbres de su época.

(19) **Susanita:** es una de las amigas de Mafalda. Susanita es lo contrario de Mafalda: es una niña conformista y tradicional cuyo principal objetivo es casarse y tener muchos hijos.

(20) **A lo hecho, pecho:** se dice esta expresión cuando hemos hecho algo mal en el pasado, algo que ya no podemos cambiar y que tenemos que aceptar. Se expresa la necesidad de asumir el error, aceptar que nos hemos equivocado y mirar hacia el futuro sin pasar demasiado tiempo tristes o lamentándonos por lo que hicimos mal.

(21) **Aliciente:** aspecto positivo de una situación o de un objeto; algo que nos gusta o nos divierte. En la historia, el protagonista dice que el único aliciente de su vida (la única cosa positiva, lo único que le gustaba hacer) era leer novelas policíacas.

(22) **Montalbano:** el comisario Montalbano es el protagonista de una serie de novelas policíacas ambientadas en Italia. También hay una serie de televisión, basada en las novelas, que ha tenido un gran éxito internacional.

(23) **En un santiamén:** rápidamente, de forma muy rápida.

(24) **La banda sonora de una película:** la música de fondo de una película.

(25) **El buzón del correo:** el lugar donde encontramos las cartas que el cartero deja para nosotros.

(26) **Costaba un huevo:** costaba mucho (en el lenguaje coloquial, "un huevo" significa "mucho").

(27) **Me echaba a temblar:** empezaba a temblar ("temblar" es cuando una parte del cuerpo -las piernas, las manos, etc.- se mueven de forma involuntaria a causa del miedo, la ansiedad o de alguna enfermedad, como el Parkinson, por ejemplo).

(28) **Se puso hecho una fiera:** se enfadó muchísimo, se puso muy agresivo (una fiera es un animal salvaje, como un león o un tigre.)

(29) **Llegar a las manos:** pelearse y usar la violencia física con otra persona.

(30) **Suspiramos aliviados:** dejamos de estar nerviosos y respiramos con tranquilidad.

(31) **Se ha salido con la suya:** la expresión "salirse con la suya" se usa cuando alguien hace algo que está mal (un delito, un crimen, por ejemplo) y nadie lo detiene, nadie lo castiga.

(32) **Vete tú a saber por qué:** expresión informal para decir "no sé por qué".

(33) **Pare usted de contar:** expresión coloquial que se usa para decir "y nada más", "solamente eso", "nada más que añadir".

(34) **Un gorrón y un caradura:** "un gorrón" es alguien que deja que otros paguen lo que él consume y "un caradura" es alguien que hace algo que sabe que está mal, pero lo hace de todas formas.

(35) **Una mala racha:** un mal momento, un periodo en el que todo sale mal.

(36) **Un montón de pasta:** mucho dinero (en el lenguaje coloquial, "pasta" es dinero).

(37) **Maderos:** en el lenguaje coloquial, un madero es un agente de la policía.

3. Sospechas

—¡Amigos, amigas! ¡Siéntense, por favor! —nos dijo el presidente—. La policía ha venido para informarnos de que algo terrible ha ocurrido.

Mis sospechas se vieron confirmadas. Los dos tipos con cara de pocos amigos eran de **la pasma** (1).

Uno de ellos, el que estaba a la izquierda del presidente, se puso en pie y todos nos quedamos mirándolo en silencio, expectantes, con la respiración contenida.

El tipo, con voz grave, nos informó de que un tal Mario García Pérez, vecino del edificio, había sido encontrado muerto en extrañas circunstancias.

—¿Quién? —preguntó la mosquita muerta del cuarto izquierda.

—¡Aquí no hay nadie con ese nombre! ¡A ver si se han equivocado ustedes de edificio! ¡Ja, ja, ja! —dijo el del cuarto derecha, **echándose a reír** (2) al mismo tiempo que miraba a su alrededor para ver si alguno de nosotros se reía también.

A nadie le hizo gracia la bromita (3). El del cuarto derecha era **el típico graciosillo** (4) que no se tomaba nada en serio y que hacía bromitas estúpidas en los momentos más inoportunos, buscando la aprobación de los demás.

El policía lo fulminó con la mirada y el pobre idiota no volvió a abrir la boca el resto de la reunión. El madero empezó a caerme bien. El tío del cuarto derecha me parecía insoportable. Era el típico payaso que buscaba siempre atraer la atención haciendo chistes malos que no hacían reír a nadie.

Supongo que todos hemos conocido gente así, ¿no? En el colegio, en la universidad, en el trabajo, en la mili, en la cola del supermercado, en la ventanilla del banco… ¡Insoportables, absolutamente insoportables!

—Llevaba poco tiempo viviendo en el bloque —intervino el presidente—. Por eso no os suena su nombre.

El madero entonces se sacó unos papeles del bolsillo interior de la chaqueta y se puso las gafas para consultar algo.

—Mario García Pérez vivía en el tercero derecha —nos comunicó.

Todas las cabezas de mis vecinos se volvieron hacia mí. Yo vivía en el tercero izquierda.

¡El taxista! ¡Mi vecino de al lado, el que no me dejaba dormir por las noches con sus ronquidos!

—¿Qué ha pasado? —pregunté yo.

—Ha sido asesinado —dijo el otro policía, que seguía sentado y que hasta entonces no había dicho nada—. Una llamada anónima nos avisó de que un olor muy fuerte salía del piso. Por eso vinimos y forzamos la entrada. Encontramos el **cadáver** (5) ayer por la mañana, pero sabemos que llevaba muerto varios días.

Todos **nos quedamos boquiabiertos** (6). ¿Un asesinato? ¿Alguien había sido asesinado en el bloque?

Durante unos segundos nadie dijo nada. Todos estábamos **estupefactos** (7). Nos habíamos quedado de piedra.

Las palabras del policía resonaban en nuestras cabezas, pero nadie se atrevía a decir nada. Necesitábamos de algún tiempo para comprender la gravedad de la situación.

Poco a poco nos fuimos dando cuenta de lo que había pasado.

La mosquita muerta del cuarto izquierda fue la primera en reaccionar. Lanzó un grito de espanto (como solían hacer las mujeres en las películas de antes, siempre que descubrían un cadáver) y luego se echó a **llorar como una Magdalena** (8).

Su marido, sentado a su lado, la atrajo hacia sí para consolarla y la abrazó fuertemente. La escena me hizo recordar los gemidos que yo escuchaba cada mañana a través del techo de mi piso y por un instante no pude evitar ver a la mosquita muerta y a su marido haciendo el amor en la mesa de la cocina, como dos degenerados.

—¿Qué ha pasado? —preguntó el del primero izquierda, el tío con problemas de próstata, alzando la voz desde el fondo de la sala.

—¿Han cogido ya al asesino? —gritó también el del quinto.

Al parecer, el tipo había sido asesinado de varios golpes en la cabeza mientras dormía.

—¡Qué horror! —exclamó alguien.

—¡Qué miedo! —se escuchó decir.

Me da vergüenza decirlo, pero confieso que por un instante sentí cierta simpatía por el autor del crimen. Me identifiqué con él completamente. Si alguna vez, querido lector, ha dormido al lado de alguien que ronca, ya sabrá de qué estoy hablando.

Ojo, no justificaba el asesinato, pero lo comprendía. Sí, lo comprendía porque yo mismo había sentido varias veces el mismo impulso criminal hacia mi vecino de al lado.

Sí, lo reconozco. En aquellas largas noches en las que no podía dormir por culpa de sus ronquidos, tengo que admitir que más de una vez se me pasó por la cabeza la idea de agarrar **un martillo** (9), entrar en casa del taxista y **molerlo a golpes** (10) mientras dormía.

Era solo un impulso, claro. Un juego de la imaginación. Nunca en la vida habría hecho algo así, pero...

Por un momento pensé que quizás alguien se había atrevido a **llevar a cabo** (11) lo que yo solo había imaginado. Al fin y al cabo, era perfectamente posible que los ronquidos los escuchasen otros vecinos. Tal vez yo no fuera el único que se pasaba las noches despierto por culpa del taxista.

Se me ocurrió entonces que quizás el asesino era alguien del bloque que se había vuelto loco por no dormir las horas suficientes. Alguna vez había leído que la falta de sueño podía causar cambios en el humor y llevar al estrés y a la depresión, así como desatar comportamientos agresivos y violentos en las personas. ¿Sería posible que algún vecino hubiese asesinado al taxista tan solo porque roncaba demasiado alto y no lo dejaba dormir?

No...

Era una idea estúpida que enseguida deseché. Había que estar muy **mal de la cabeza** (12) para hacer algo así.

No era creíble. Si hubiera encontrado algo así en una novela policíaca como las que yo leía, habría dejado de leer el libro inmediatamente.

Aunque, por otro lado... Nunca se sabe. Como suele decirse, a veces la realidad supera a la ficción.

—¿Cuál es el móvil? —pregunté yo, intentando usar el lenguaje empleado por los policías de las películas.

Los dos maderos me miraron muy serios, con cara de pocos amigos. Enseguida supe que no les había gustado mi pregunta porque ni siquiera me contestaron. Supongo que me tomaron por un imbécil.

Estaba claro que ninguno de aquellos dos policías se parecía en nada a Montalbano, que era un detective serio y profesional, pero simpático, con sentido del humor y muy humano. Alguien que te caía bien, aunque fuera un madero.

Más tarde nos informaron de que durante los siguientes días teníamos que estar a disposición de la policía y que probablemente nos interrogarían a todos los vecinos del bloque uno a uno para ver si sabíamos algo.

La policía quería asegurarse de que no se pasaba por alto ningún detalle importante. **No había que dejar ningún cabo suelto** (13). Pero no teníamos que preocuparnos, nos dijeron. Ese era el procedimiento habitual.

Al final nos dieron un número de teléfono para que llamásemos confidencialmente en caso de que alguno de nosotros tuviera información relevante sobre lo que había pasado.

—Si alguien escuchó ruidos o voces o algo extraño, algo fuera de lo habitual, que se ponga en contacto con la policía a través de este número —nos dijo el presidente de la comunidad.

El imbécil del segundo, que estaba sentado justo delante de mí, se volvió hacia mí y me dijo: "¿Usted no escuchó nada, don Juan? Un poco raro, ¿no?"

Yo no le contesté. **Hice como el que oye llover** (14) y miré hacia otro lado.

Entonces me encontré con la mirada de las dos tontas del primero derecha. Eran dos hermanas solteronas que vivían solas desde hacía siglos.

Aunque estaban sentadas bastante lejos, enseguida comprendí que hablaban de mí. De hecho, a un cierto punto escuché con claridad que una le gritaba a la otra: "¡Allí está el **viejo baboso** (15) del tercero!"

El "viejo baboso" del tercero era yo, claro. Quizás pensaban que yo estaba tan sordo como ellas y no me enteraba de nada.

Al terminar la reunión, todos los vecinos nos pusimos en pie. Enseguida me di cuenta de que muchos me miraban y **cuchicheaban** (16) en voz baja para que yo no pudiera oír lo que decían.

Cuando pasaba a su lado, la gente dejaba de hablar y si me acercaba hacia alguien, escapaba corriendo en otra dirección en cuanto me veía llegar.

El del quinto tomó a su mujer del brazo y señaló con la cabeza en mi dirección, como diciendo "¡Cuidado, ahí viene!".

"Menudo par de **gilipollas** (17)", pensé.

En fin, que **nadie quería cuentas conmigo** (18). Seguramente pensaban que yo debía de saber algo; que ya que vivía al lado de donde se había cometido el crimen, yo debía de haber escuchado cualquier ruido.

Tal vez incluso a alguno se le habría pasado por la cabeza **la descabellada idea** (19) de que el asesino fuera yo.

Mis sospechas se vieron confirmadas. Efectivamente, ahora resultaba bastante obvio que en aquel edificio estaba rodeado de imbéciles. "Si no fuera porque aquí vivo por la cara y no tengo que pagar el alquiler, ya me habría mudado hace tiempo", me dije.

Me fui de la reunión deprisa, sin despedirme de nadie.

Me sentía tan incómodo, tan observado por todos, que lo único que quería en aquel momento era salir de allí, escapar corriendo de todas aquellas miradas acusadoras, refugiarme en mi piso y quedarme solo cuanto antes.

"Es mejor cuando me ignoran, cuando no me saludan por las escaleras o cuando ponen cara de asco si me encuentran en el ascensor", pensé.

Lo peor es que si les cuento esto a mi exmujer y a mi hija, me dirán que es todo imaginación mía; que soy un asocial y un paranoico con complejo de persecución. Que no me cae bien nadie porque soy un viejo amargado.

En fin...

Vocabulario 3

(1) **La pasma:** en el lenguaje coloquial, se llama "pasma" a la policía.

(2) **Echándose a reír:** empezar a reír de repente.

(3) **"A nadie le hizo gracia la bromita":** nadie encontró divertida o graciosa la broma ("bromita": broma estúpida o de mal gusto).

(4) **El típico graciosillo:** la palabra "graciosillo" es un diminutivo de "gracioso". Se usa para describir a alguien que usa el humor para ofender a otras personas o hacer chistes de mal gusto.

(5) **Cadáver:** el cuerpo de una persona muerta.

(6) **"Nos quedamos boquiabiertos":** quedarse "boquiabierto" quiere decir quedarse con la boca abierta y se usa para expresar que nos hemos sorprendido por algo.

(7) **Estupefactos:** muy sorprendidos.

(8) **Llorar como una Magdalena:** llorar mucho.

(9) **Un martillo:** una herramienta de trabajo que se usa para clavar clavos.

(10) **Molerlo a golpes:** dar muchos golpes a alguien, de forma repetida.

(11) **Llevar a cabo:** realizar una tarea, conseguir un objetivo, lograr hacer algo.

(12) (Estar) **mal de la cabeza:** estar loco, no pensar lógicamente.

(13) "**No había que dejar ningún cabo suelto**": un "cabo suelto" es un detalle o algún aspecto de una situación que hemos olvidado. En el contexto de esta historia, se usa esta expresión para explicar que la policía quiere saber exactamente qué ha pasado sin olvidar ningún detalle importante.

(14) **"Hice como el que oye llover":** esta expresión (hacer como el que oye llover) quiere decir ignorar, no hacer caso, no prestar atención, fingir que no se está escuchando, etc.

(15) **Viejo baboso:** un hombre mayor que molesta a las mujeres o chicas jóvenes con sus comentarios de mal gusto (de carácter sexual) o con su forma de comportarse.

(16) **Cuchicheaban:** el verbo "cuchichear" significa hablar en voz baja para evitar que otras personas escuchen lo que decimos.

(17) **Gilipollas:** insulto muy frecuente en el español coloquial. En realidad, es una palabrota que se debe evitar decir. Como alternativa, podemos decir "tonto".

(18) **"Nadie quería cuentas conmigo":** se usa la expresión "no querer cuentas con alguien" cuando no queremos tener ningún tipo de relación con una persona. No queremos ningún tipo de contacto con esa persona.

(19) **La descabellada idea:** una idea absurda, totalmente falta de lógica.

4. Maleducados

Como había dicho el presidente de la comunidad, al día siguiente **se presentaron** (1) en mi casa dos maderos, un hombre y una mujer. Eran más jóvenes que los del día anterior, pero igual de **hoscos** (2) y desagradables.

Estaba todavía en la cama cuando oí que llamaban a la puerta con **los nudillos** (3). Me levanté y cuando les abrí lo único que me dijeron fue "El timbre no funciona". Ese fue su único saludo y presentación. Ni siquiera me dieron los buenos días.

—Lo sé. Lleva roto desde hace más de un año —les contesté yo **de mala gana** (4)—. Cuesta un huevo comprar uno nuevo, ¿saben? Y de todas formas nunca viene nadie a visitarme, así que, por el momento, el que venga a verme que llame con los nudillos.

Les hablaba con el mismo tono hosco y desagradable que ellos usaban conmigo. **Me toca mucho las narices** (5) la gente maleducada. ¿Cuesta tanto decir "Hola, buenos días, ¿cómo está usted?"

Por el tono de nuestra conversación, estaba claro que nos caíamos mal. Ellos me caían mal a mí y yo les caía mal a ellos.

Pensé en ofrecerles un café, pero con la cara de pocos amigos que traían no me pareció oportuno.

Me dijeron que solo querían echarle un vistazo al piso. Les hice pasar y una vez dentro me pidieron que les enseñara el dormitorio.

Pensé que era normal. Al fin y al cabo, yo dormía pared con pared con la habitación donde había sido asesinado el taxista.

—El crimen tuvo lugar justo al otro lado de este muro —dijo el hombre policía, dirigiéndose a su compañera.

—¿Cómo es posible que usted no oyera nada? ¿Está usted sordo? —me preguntó la mujer policía, dirigiéndose hacia mí en un tono de voz bastante desagradable, como si yo fuera culpable de algo.

La verdad es que yo llevaba un buen rato esperando esa pregunta. **No me pilló por sorpresa** (6).

Yo ya me había imaginado que a la pasma le costaría entender que yo no hubiera oído ningún ruido extraño la noche del crimen. Seguramente sospechaban que yo ocultaba algo.

Era posible que incluso algún vecino les hubiera hablado mal de mí. Eran todos unos **cotillas** (7) y, además, estaba convencido de que la mayoría me odiaba. No había más que ver la cara de asco que ponían cada vez que me encontraba con alguno de ellos en el ascensor y cómo se habían comportado conmigo en la reunión del día anterior.

Los dos maderos empezaron a dar golpecitos en la pared del dormitorio con los nudillos.

—Las paredes de este edificio son de papel —dijo él.

—¡Si yo les contara! —exclamé yo, casi sin pensar lo que estaba diciendo.

—¡Cuéntenos todo lo que sepa, para eso hemos venido! —me dijo ella, hablando con voz autoritaria y firme.

Se lo conté todo, claro. No tenía nada que ocultar.

Les dije que desde que el taxista se había mudado al piso de al lado, yo no podía pegar ojo; que roncaba **como un descosido** (8) y que yo me pasaba las noches leyendo hasta que por fin el tipo se levantaba y se iba a trabajar, a eso de las cinco o cinco y media de la mañana.

—¿Cómo es posible entonces que no escuchara usted nada sospechoso la noche del crimen? —me preguntó otra vez la mujer policía, mirándome directamente a los ojos.

Entonces les pedí a los dos maderos que me acompañaran al salón. Una vez allí les enseñé los auriculares que me había regalado mi hija.

Les expliqué cómo aquellos auriculares me habían cambiado la vida al aislarme del exterior. Les dije que me sentía un hombre nuevo; que estaba de mejor humor desde que podía dormir a pierna suelta y que me sentía de maravilla sin tener que escuchar todos los ruidos que hacían los vecinos.

—¿Qué ruidos? —me preguntaron—. ¿De qué ruidos está usted hablando?

Les hablé del tipo del primero con problemas de próstata, que se pasaba las noches entrando y saliendo del baño; de las dos hermanas solteronas del segundo con problemas de gases y de la moquita muerta del cuarto, que todas las mañanas tenía sexo con su marido en la mesa y en el suelo de la cocina.

Los dos policías me escuchaban con mucha atención, como si de verdad les interesara lo que yo les estaba contando. Fue algo que me sorprendió porque no me pasaba a menudo.

Es triste reconocerlo, pero la gente normalmente se aburre conmigo. Me ha pasado siempre, desde que era un niño.

Cuando menciono algún problema que me preocupa o cuando cuento algún recuerdo de juventud, alguna anécdota divertida que me ha ocurrido o quizás cuando simplemente quiero dar mi opinión sobre algún tema de actualidad... Nadie me escucha, todos me ignoran.

Al cabo de tan solo unos segundos, la mayoría de la gente deja de prestar atención a lo que digo. Se nota que están en las nubes mientras yo hablo: empiezan a **bostezar** (9), se ponen a mirar hacia otro lado y al final terminan por irse.

Los dos maderos que habían venido a verme, sin embargo, parecían genuinamente interesados en entender cómo aquellos auriculares habían cambiado mi vida.

De hecho, los cogieron y se los probaron. Primero él y después ella.

—Yo hace tiempo que quiero comprarme un par de auriculares como estos, pero con mi sueldo no me los puedo permitir —dijo él.

—¿Son tan caros? —preguntó ella.

—Carísimos. Cuestan un ojo de la cara —dije yo—. Con mi pensión, yo tampoco podría comprarme algo así. Para mí, esto es un lujo.

—¿Entonces? ¿De dónde ha sacado el dinero para comprárselos? —me preguntó él.

Pensé decirles "No los he comprado. ¡Los he robado! ¡Soy un ladrón! ¡Me han pillado! ¡Confieso! ¡Ja, ja, ja!", pero recordé al idiota del cuarto derecha que siempre hacía bromitas estúpidas en los momentos más inoportunos y desistí enseguida.

—Es un regalo de cumpleaños de mi hija y de su marido —les dije finalmente—. Como sabían que no podía dormir por las noches…

Sin embargo, no les dije que para mi cumpleaños faltaban aún varios meses. No quería complicar las cosas aún más.

Los maderos **se quedaron mirando** (10) los auriculares con curiosidad. No dijeron nada, pero estaba claro que todo aquello les parecía muy sospechoso. Quizás pensaron que yo les estaba **tomando el pelo** (11).

Luego me preguntaron si conocía a la víctima, si había hablado con el taxista alguna vez, si venía gente a visitarlo... En fin, querían que les contara todo lo que sabía de aquel **pobre diablo** (12).

Les dije que el tipo llevaba una vida muy solitaria, tan solitaria o más incluso que la mía; que nunca venía nadie a verlo, que su familia, si la tenía, no parecía querer tener cuentas con él.

También les dije que llevaba una vida muy rutinaria. Todos los días hacía lo mismo.

Trabajaba en el taxi siete días a la semana. No descansaba ni siquiera los domingos. Salía por la mañana temprano y no volvía hasta las seis o las siete de la tarde. Luego cenaba siempre solo en casa. Las únicas aficiones que parecía tener eran escuchar la radio y ver la tele en la cama hasta que **se quedaba dormido** (13).

Me preguntaron si había hablado alguna vez con él o si había entrado en su piso por algún motivo. Les dije la verdad, que el tipo no era muy sociable, que nunca me saludaba cuando lo veía por las escaleras o cuando me lo encontraba en el ascensor. Que el tío **iba a lo suyo** (14), que parecía un tipo muy solitario, introvertido, y que tenía siempre cara de pocos amigos.

Iba a añadir "¡Como ustedes dos!", pero por fortuna me detuve a tiempo y no dije nada. No creo que aquellos dos jóvenes maderos tan maleducados y desagradables hubieran apreciado mi fino sentido del humor.

Cuando terminaron de hacerme preguntas, les abrí la puerta para dejarles salir, pero antes de que se fueran me atreví a preguntarles yo también algo a ellos:

—¿Saben ya quién es el asesino?

Lo sé, fue una pregunta estúpida. De hecho, antes de cerrar la boca, yo ya sabía que estaba haciendo una pregunta estúpida, pero no pude evitarlo. La curiosidad pudo más que yo.

Los dos maderos me miraron sin decir nada. Seguramente pensaron que yo era un idiota. **Y no les faltaba razón** (15).

Luego se dieron la vuelta y se alejaron por el pasillo en silencio, sin ni siquiera darme las gracias. No me dijeron ni adiós. Nada. Se fueron con la misma mala educación con la que llegaron. No me saludaron al llegar y tampoco se despidieron al irse.

Antes de cerrar la puerta del piso, los vi subir las escaleras hacia la cuarta planta. Supuse que ahora les **tocaba el turno** (16) a la mosquita muerta y al degenerado de su marido.

Cuando me quedé solo, fui a la cocina. Me hacía falta beber un poco de agua. Tenía la garganta seca.

No acababa de abrir el grifo, cuando escuché que otra vez alguien estaba llamando a la puerta con los nudillos.

Fui a abrir. Era de nuevo la mujer policía. La misma de antes. Había vuelto, pero esta vez venía sola, sin el otro madero.

Cuando abrí la puerta y la vi, me eché a temblar. ¿Para qué había vuelto? ¿Qué quería ahora?

Me miraba muy seria, más seria aún que antes, pero seguía sin decir nada. Yo también me quedé mirándola en silencio.

De repente se acercó hacia mí y me dijo al oído, en voz muy baja, casi **susurrando** (17), como si fuera un secreto que nadie más debería saber:

—Cuando se encuentre usted dentro del piso, cierre siempre la puerta con **el cerrojo** (18) y no abra nadie. ¡A nadie! ¿Me oye? ¡A nadie! Cualquiera puede ser el asesino.

Luego se dio la vuelta y se fue.

En cuanto me quedé solo cerré la puerta con el cerrojo, como me había dicho ella.

Luego me senté pensativo en el sofá. Todavía llevaba el vaso de agua en la mano. Estaba claro que la mujer policía había querido avisarme, pero... ¿Avisarme de qué? ¿Pensaba la pasma que yo estaba en peligro?

De repente **caí en la cuenta** (19) de que el asesino aún andaba suelto y que seguramente era uno de los vecinos del edificio; es más, posiblemente era uno de los que había asistido a la reunión de la comunidad el día anterior.

Un escalofrío (20) me recorrió la espalda de arriba abajo.

Vocabulario 4

(1) **Se presentaron:** en este contexto, "presentarse" quiere decir llegar a un lugar.

(2) **Hoscos:** que tiene un carácter cerrado, desagradable, que no le gusta relacionarse con los demás.

(3) **Los nudillos:** parte exterior de la articulación de los dedos de la mano, que sobresalen más cuando se doblan.

(4) **De mala gana:** hacer algo sin placer, sin tener ganas de hacerlo.

(5) **Me toca mucho las narices:** cuando algo nos molesta, nos irrita o nos enfada, de forma coloquial podemos usar la expresión "tocar las narices".

Ejemplo: "Me toca mucho las narices que Carlos venga tarde a la oficina todos los días".

(6) **No me pilló por sorpresa:** cuando sucede algo que nos sorprende, algo que no esperábamos, podemos usar la expresión "pillar / coger por sorpresa".

(7) **Cotillas:** alguien "cotilla" es alguien que presta atención a la vida privada de otras personas y critica su forma de vestir, sus gustos, sus amigos, sus amantes o parejas, etc.

(8) **Como un descosido:** hacer algo "como un descosido" es hacer algo con mucha pasión, con mucho interés, con una gran dedicación. Tal vez de forma excesiva.

(9) **Bostezar:** abrir la boca de forma involuntaria, generalmente por sueño o aburrimiento.

(10) **Se quedaron mirando:** la estructura "quedarse + mirando" quiere decir mirar algo de forma continuada.

(11) **Tomando el pelo:** "tomar el pelo" a alguien es burlarse de esa persona o engañarle.

(12) **Pobre diablo:** normalmente se usa la expresión "un pobre diablo" para describir a una persona con mala suerte.

(13) **Se quedaba dormido:** la estructura "quedarse + dormido" quiere decir dormirse, normalmente de forma involuntaria.

(14) **Iba a lo suyo:** la estructura "ir a lo suyo" quiere decir hacer algo sin prestar atención a otras personas.

Ejemplo: "En mi trabajo cada uno va a lo suyo. Nadie se preocupa por las necesidades de los demás".

(15) **Y no les faltaba razón:** esta expresión se usa de forma coloquial para decir que es verdad lo que otras personas dicen.

(16) **Tocaba el turno:** el "turno" es el orden temporal o la secuencia en la que se organiza un grupo personas para hacer algo. Primero una, después otra, etc. En la sala de espera de un hospital, por ejemplo, el médico recibe a cada paciente por turno. El paciente solo puede entrar para ver al médico cuando le toca el turno.

(17) **Susurrando:** el verbo "susurrar" significa hablar en voz baja.

(18) **El cerrojo:** barra de hierro que hay en la parte interior de una puerta para cerrarla con seguridad y evitar que alguien entre desde el exterior.

(19) **Caí en la cuenta:** la expresión "caer en la cuenta" significa recordar o comprender de repente algo que habíamos olvidado o que no entendíamos.

(20) **Un escalofrío:** sensación de frío que sentimos de repente, normalmente cuando tenemos fiebre. A veces se usa también para describir una sensación muy fuerte de terror.

5. Insoportables

Los siguientes días me los pasé pensando en quién podría ser el asesino. Me parecía haber entrado, de pronto, en una de las novelas policíacas a las que tanto me había aficionado recientemente.

Me preguntaba qué haría **el comisario Montalbano** (1) en mi lugar. Supuse que lo primero sería interrogar a todos los sospechosos y encontrar un posible motivo que hubiese podido llevar al asesinato del taxista.

Yo estaba casi seguro de que el que lo había matado era alguien del bloque. No tenía ninguna prueba de ello, por supuesto, pero algo me decía que el asesino podía ser cualquiera de los vecinos.

No estaba seguro de si esta impresión mía era el resultado de un sexto sentido, una especie de instinto detectivesco que quizás se había desarrollado en mí después de pasar tantas horas leyendo las aventuras del comisario Montalbano en Sicilia y Sherlock Holmes en Londres o si, sencillamente, como decían mi mujer y mi hija, con el paso de los años yo me había vuelto un viejo neurótico y asocial; un tipo malhumorado, enfadado con el mundo; un amargado que, a fuerza de estar solo, había terminado por no fiarse de nada ni de nadie y al que todo el mundo le caía mal.

—Te has vuelto un viejo gruñón y un cascarrabias, papá, reconócelo. Estás siempre **de un humor de perros** (2). ¡No te llevas bien con nadie! ¿No te das cuenta de que eso no puede ser normal? —me decía mi hija a menudo.

—Tú nunca has sido **la alegría de la huerta** (3), pero desde que te jubilaste te has vuelto absolutamente insoportable. **No hay quien te aguante** (4), querido —me decía mi exmujer.

A mí me tocaba mucho las narices que mi exmujer y mi hija pensaran así de mí, pero tenía que reconocer que ninguno de los residentes del edificio me caía bien.

Sin embargo, creo que mi desconfianza hacia mis vecinos del bloque estaba plenamente justificada. Desde que me mudé, siempre tuve la impresión de que no era bienvenido allí.

Ninguno de ellos me invitó nunca a su casa para tomar un café. Si les hacía alguna pregunta o intentaba entablar una conversación informal, miraban hacia otro lado o me respondían con monosílabos.

De hecho, apenas me saludaban cuando me veían por las escaleras o, peor aún, ponían cara de asco si me encontraban en el ascensor.

Para mí estaba claro que no querían cuentas conmigo.

Al principio, yo achacaba esta mala educación a que se trataba de personas que llevaban toda la vida viviendo juntas y quizás no estaban acostumbradas a ver gente de fuera en el edificio.

Para mis vecinos, tal vez yo era un desconocido, alguien "de fuera"; un "invasor" que había venido a perturbar su tranquilidad y sus costumbres.

Cuando subía o bajaba las escaleras, a menudo tenía la impresión de que me espiaban detrás de las puertas de sus pisos.

En las reuniones de la Comunidad, me parecía que cuchicheaban a mis espaldas y que cuando hablaban entre ellos, susurraban en voz baja para que yo no los oyera.

En el ascensor, me daba la impresión de que me miraban **de reojo** (5) cuando pensaban que yo estaba distraído.

E incluso cuando estaba solo en casa, tenía la sensación de que me espiaban desde sus ventanas y que **llevaban la cuenta** (6) de cuando entraba y salía del edificio.

Me sentía observado todo el tiempo. De hecho, yo siempre tenía las persianas bajadas y las cortinas cerradas para que nadie pudiera ver mis movimientos desde el exterior.

Quizás piense, querido lector, que estoy exagerando; que hablo así porque soy un gruñón y un cascarrabias; un viejo solitario al que todo el mundo le cae mal. Eso es lo que decía mi hija.

Tal vez piense usted que yo no soy más que un viejo resentido; un fracasado que echa la culpa de todas sus desdichas a todo el mundo y que vive amargado. Eso es lo que decía mi exmujer.

Es posible que tanto mi exmujer como mi hija tuvieran algo de razón. No lo sé. A fuerza de escucharlas a las dos, yo también estaba empezando a dudar de mi salud mental.

Sin embargo, nadie me podía **quitar de la cabeza** (7) la idea de que el asesino del taxista era uno de aquellos vecinos maleducados con los que me cruzaba todos los días.

Si por mí hubiera sido, me habría ido a vivir a otra parte, pero con la modesta pensión que me había quedado, ¿dónde podía ir? Al fin y al cabo, allí no tenía que pagar alquiler.

—En lugar de quejarte tanto de los vecinos del bloque, deberías estar agradecido y dar las gracias de que Damián te deje vivir en el piso de sus padres. ¿Tú sabes lo que cuesta un alquiler hoy en día, papá? —solía decirme mi hija, que no perdía ninguna oportunidad para recordarme que yo sobrevivía gracias a la caridad de su marido.

Por eso, poco a poco me fui resignando a vivir allí. Al fin y al cabo, cuando cerraba la puerta del piso y me quedaba solo, nadie me molestaba. El único contacto que tenía con los vecinos eran los ruidos desagradables que me llegaban a través de las paredes.

Pasaron varias semanas sin que supiera nada más del crimen. A veces, cuando veía a los vecinos susurrar y cuchichear a mis espaldas, pensaba que quizás sabían algo que yo no sabía, pero nunca me paraba a hablar con ellos ni les hacía ninguna pregunta.

Si me los cruzaba por las escaleras, pasaba de largo sin decir nada; ni siquiera les daba los buenos días.

Si me los encontraba en el ascensor, yo también ponía cara de asco, como hacían ellos, y ni siquiera los saludaba.

"Si ellos no quieren cuentas conmigo, yo tampoco quiero cuentas con ellos", me decía a mí mismo.

Así fueron pasando los días y poco a poco me fui resignando a no saber nada más del crimen del taxista.

Me habría gustado participar directamente en la investigación del caso, entrevistar a los vecinos del bloque, comprobar sus **coartadas** (8), participar en los interrogatorios de la policía...

"¡Ojalá fuera invisible!", pensaba. "Si fuera invisible **me colaría** (9) en la comisaría de policía para ver lo que los maderos están haciendo en este momento".

Quería saber lo que ellos sabían, de quién sospechaban, cuál podría ser el móvil del crimen...

"Probablemente estén completamente perdidos", me decía.

Si algo había aprendido en las novelas policiacas que había leído, era que la mayoría de los policías eran unos completos incapaces que siempre apuntaban en la dirección equivocada.

Por mi experiencia como lector de novelas policiacas, a la hora de resolver un crimen tan complicado como este, hacía falta que les guiara en la investigación alguien tan **astuto** (10) como Sherlock Holmes, tan competente como Hércules Poirot y tan capaz como el comisario Montalbano.

"Terminarán por olvidarse del caso", pensaba yo con tristeza. "Al fin y al cabo, ¿a quién podría interesarle resolver el vulgar asesinato de un modesto taxista, un solitario y desconocido taxista al que seguramente nadie echa de menos?"

Me daba pena pensar que aquel pobre diablo había muerto como había vivido: solo, sin familia y sin amigos.

"Es triste pensar que seguramente su muerte acabará olvidándose y el caso archivado", me decía.

Me daba rabia (11) que el asesino se saliera con la suya. En cierto modo, yo era lo más cercano a un amigo o a un familiar que el taxista había tenido. Al fin y al cabo, los dos habíamos dormido prácticamente juntos, pared con pared, durante un tiempo.

De alguna manera, me sentía un poco responsable de su muerte y sentía la necesidad de **dar con** (12) el que lo había matado.

Pensaba que si la noche del crimen yo no me hubiera puesto aquellos auriculares que me aislaban del mundo, quizás habría oído algún ruido: alguien que entraba en su piso, los ruidos del martillo golpeándole la cabeza, sus gritos de dolor...

Me sentía un poco culpable de lo que había pasado y **maldecía** (13) los auriculares que mi hija me había regalado.

—¿Cómo es posible que yo no oyera nada la noche del crimen? ¡Maldita sea la hora en la que me puse esos auriculares! —le dije a mi hija, que había venido a verme en cuanto se enteró de lo que había pasado.

Ella me contestó que no debía pensar así.

—Papá, incluso si hubieras oído algún ruido aquella noche, ¿qué podrías haber hecho tú solo? Quizás llamar a la policía... Pero, en cualquier caso, habría sido demasiado tarde. El único culpable de la muerte del taxista es el que lo ha matado. Nadie más.

Sabía que mi hija tenia razón, pero yo no podía evitar sentirme culpable.

—¡Si no me hubieran molestado tanto sus ronquidos, quizás ahora aquel pobre diablo estaría vivo!

Le dije a mi hija que se llevara los auriculares a su casa, que no quería volver a verlos. Juré no volver a ponérmelos nunca más, aunque tuviera que **aguantar** (14) los ruidos desagradables de los vecinos, aunque no pudiera volver a pegar ojo por las noches y aunque no volviera a ganar al ajedrez.

Vocabulario 5

(1) **El comisario Montalbano:** el comisario Montalbano es el protagonista de una serie de novelas policíacas ambientadas en Italia. También hay una serie de televisión basada en las novelas, que ha tenido un gran éxito internacional.

(2) **Estar de un humor de perros:** estar de muy mal humor.

(3) **La alegría de la huerta:** Esta expresión se usa para describir a una persona muy alegre. Sin embargo, a menudo se dice en sentido irónico para hablar de alguien triste, con poca gracia o de mal humor.

(4) **"No hay quien te aguante":** ninguna persona puede soportar tu carácter, tu forma de ser, etc. La mayoría de la gente encuentra irritante lo que haces.

(5) **(Mirar) de reojo:** mirar disimuladamente hacia un lado, sin girar la cabeza.

(6) **Llevar la cuenta de** (algo o alguien): prestar atención a lo que hacen otras personas. Normalmente se usa para describir el

comportamiento de gente que cotillea o presta atención a la vida privada de los demás.

(7) **Quitar** (una idea) **de la cabeza:** dejar de pensar en algo, cambiar de opinión.

(8) **Coartadas:** cuando alguien sospechoso de un crimen demuestra que estaba en otro lugar en el momento del crimen, se dice que tiene "coartada".

(9) **Colarse:** en el contexto de la historia, entrar en un lugar sin ser visto.

(10) **Astuto:** alguien a quien es difícil engañar.

(11) **Dar rabia:** causar enfado, molestar, poner de mal humor, etc.

(12) **Dar con:** encontrar, averiguar.

(13) **Maldecir:** mostrar enfado hacia una persona o un objeto y desearle que le ocurra algo malo en el futuro.

(14) **Aguantar:** soportar, tolerar o llevar con paciencia a alguien molesto o desagradable.

6. Una lucecita

Yo estaba convencido de que el que había acabado con la vida del taxista a golpes de martillo era algún vecino del bloque, **seguramente** (1) un hombre.

Era improbable que una mujer (al menos una mujer como las que vivían en el edificio) tuviera la fuerza suficiente para matar a alguien a martillazos.

Las dos tontas del primero derecha, la mosquita muerta del cuarto izquierda o la tía del quinto no me parecían capaces de hacer algo así. Ninguna tenía pinta de asesina. No me podía imaginar a ninguna de ellas cogiendo un martillo y moliendo a golpes a un tío mientras dormía.

Había que **descartarlas** (2) a todas.

En cuanto a los hombres, en realidad tampoco tenían pinta de asesinos. Ni el imbécil del segundo, ni el cabrón del quinto, ni el tío con problemas de próstata del primero izquierda me parecían capaces de **llevar a cabo** (3) un crimen tan macabro como aquel.

Un día que bajaba por las escaleras me encontré con el graciosillo del cuarto derecha, que hablaba por teléfono con alguien mientras esperaba el ascensor.

—No hay que descartar la posibilidad de que haya sido un suicidio —le escuché decir. Luego, el tío se echó a reír. Creo que él era el único al que le hacían gracia sus estúpidas bromitas.

"**¡Menudo imbécil!**" (4), pensé. Estuve por decirle algo, pero al final desistí. Me dije que no valía la pena y continué bajando las escaleras.

En fin, que, aunque todos sin excepción me caían fatal, ningún vecino del bloque me parecía un asesino.

Había que tener la mente muy enferma para agarrar un martillo y **liarse a golpes** (5) con alguien mientras dormía y, aunque estaba convencido de que mis vecinos eran todos unos imbéciles y unos maleducados, ninguno de ellos tenía pinta de criminal.

Y sin embargo...

Yo estaba casi seguro de que el asesino era alguien que vivía en el edificio o al menos alguien que se movía entre nosotros sin llamar la atención. Alguien que quizás estaba tan cerca que nadie lo veía.

No estoy seguro, pero me suena que fue Sherlock Holmes el que alguna vez dijo que el mejor lugar para esconder algo era ponerlo a la vista de todos.

Yo estaba convencido de que cualquiera que fuese el que había matado al taxista, tenía que ser alguien que podía entrar y salir del edificio sin problemas; alguien que quizás no vivía allí, pero que podía pasar desapercibido y moverse con facilidad sin llamar la atención de los vecinos.

¿Quién podría ser?

Siguiendo la lógica deductiva de Sherlock Holmes, poco a poco fui atando cabos y llegué a la conclusión de que el asesino seguramente era un hombre. Un hombre joven y fuerte, muy probablemente.

"Debe de ser un hombre joven y fuerte que, aunque no vive en el bloque, entra y sale del edificio **cuando le da la gana** (6) sin levantar sospechas; alguien que puede entrar en cualquier piso a cualquier hora del día o de la noche sin que nadie le preste atención."

Entonces **se me encendió una lucecita** (7) en la cabeza: ¡el hijo del presidente de la Comunidad!

De repente **caí en la cuenta** (8) de que el hijo del presidente, con la excusa del mantenimiento del edificio, seguramente tenía acceso a todos los pisos.

Probablemente el tío tenía **una llave maestra** (9) que abría todas las puertas y, aunque no vivía en el bloque, podía entrar y salir cuando le daba la gana y moverse con total libertad por todas partes sin levantar sospechas.

Si alguien lo veía entrar en un piso, seguramente pensaría que se había roto algún grifo o alguna tubería del gas y que había ido allí a hacer alguna reparación urgente.

¡Por supuesto! ¿Cómo no se me había ocurrido antes?

De hecho, a menudo me lo cruzaba por las escaleras del edificio llevando una caja de herramientas, abriendo puertas y entrando donde le daba la gana sin que a nadie le pareciese sospechoso y sin que nadie le preguntase nunca dónde iba o qué hacía.

De repente lo vi todo claro. ¡Era obvio!

¡El asesino del taxista era el hijo del presidente de la Comunidad!

Cumplía, además, con todos los requisitos del típico asesino. Tal y como había aprendido en las novelas policiacas de Agatha Christie, el asesino era siempre el mayordomo o el jardinero, es decir, el personaje más insospechado, alguien que suele pasar desapercibido y del que nadie sospecha jamás; una persona que no llama la atención y que, paradójicamente, nadie puede ver porque se encuentra a la vista de todos.

Entusiasmado, pensé en llamar a la policía inmediatamente y contarles mi descubrimiento.

Fue mi hija la que me hizo desistir en el último momento, entrando en el piso **como un vendaval** (10) a las siete de la mañana, cuando yo ya estaba a punto salir a la calle para presentarme en la comisaría más cercana.

—Papá, ¿a dónde vas tan temprano?

Me pilló por sorpresa su visita. Era martes y mi hija solo venía a verme los viernes. **No tuve más remedio** (11) que explicarle mi plan.

—¿Pero, papá, es que te has vuelto loco? ¿No crees que la policía sabe mejor que tú lo que tiene que hacer para dar con el culpable?

—Sin la ayuda de Sherlock Holmes y el Dr. Watson, la policía no habría resuelto muchos casos y un montón de asesinos se habrían salido con la suya sin ser descubiertos —le dije yo.

—¡No me toques las narices, papá! ¡Esto es la vida real, no una de esas novelas que tú lees!

—Yo solo quiero ayudar a la policía, echarles una mano a dar con el asesino.

—Si de verdad quieres ayudarles, déjales en paz. Deja que hagan su trabajo y no les hagas perder el tiempo con tus fantasías. ¡Por amor de Dios, papá!

Al final tuve que admitir que mi hija tenía razón.

No podía presentarme en comisaría y decirles:

"Perdonen, señores maderos, yo soy el vecino del taxista asesinado y he venido a echarles una mano. No, no escuché ni vi nada la noche del crimen, pero he leído un montón de novelas policíacas y se me da muy bien descubrir al asesino en cada historia de detectives que leo. De hecho, suelo encontrar al culpable antes de llegar a la página 50 del libro. En el caso que nos ocupa, he estado atando cabos y he llegado a la conclusión de que el asesino del taxista es el hijo del presidente de la comunidad de vecinos. ¿Les explico cómo lo he descubierto?".

Los maderos, obviamente, habrían dicho que yo estaba **como una cabra** (12) y se habrían **partido el culo** (13) conmigo; habría sido también **el hazmerreír** (14) de todos los vecinos del bloque y mi hija me habría ingresado directamente en una residencia para viejos seniles.

¡Y no le habría faltado razón!

Tenía que resignarme. Aquello no era una novela policiaca ni yo era el comisario Montalbano. Aquello era la vida real y en la vida real los policías se encargan de detener a los asesinos, mientras que los jubilados como yo se dedican a jugar con sus nietos y recordar el pasado sentados al sol en un banco del parque.

Como los niños, especialmente los adolescentes, me parecían absolutamente insoportables y cerca de mi casa no había ningún parque, tenía que resignarme a pasar los últimos años que me quedaban de vida echado en el sofá, leyendo novelas baratas.

Aunque era martes, mi hija se quedó a comer conmigo.

Me dijo que estaba preocupada por mí, que no me hacía bien pasar tanto tiempo solo; que me hacía falta salir más, conocer gente, tal vez volver a enamorarme de alguien y que alguien se enamorara de mí; encontrar de nuevo el amor, que el amor no tenía edad...

Yo le dije que dejara de **meter las narices** (15) en mi vida; que me dejara en paz, que no me hacía falta encontrar ningún amor y que yo era feliz así.

Ella me dijo que el amor lo era todo en la vida; que el universo es amor, que todo el mundo necesita amor, que lo único que yo necesitaba era alguien que me amase de verdad...

Yo entonces le dije que era una cursi y que la culpa de que ella fuera una cursi la tenía su madre por haberle leído de niña todas las novelas de Corín Tellado.

Ella se enfadó muchísimo conmigo. Se puso hecha una fiera. Me dijo que de joven yo había sido un mal padre y que no me había ocupado de ella lo suficiente; que había sido también un mal esposo y un pésimo amante y que la culpa de que su madre me hubiera dejado por el masajista del gimnasio era solo mía.

Me dijo que era verdad que el amante de mi exmujer estaba mucho más bueno que yo, pero que el problema no era ese; que el problema era que yo, a fuerza de estar solo, me había vuelto un amargado, un viejo gruñón inaguantable y un cascarrabias que nunca estaba contento con nada ni con nadie.

Era por eso, según ella, que su madre me había dejado y se había largado con el masajista: estaba harta de que yo estuviera siempre de un humor de perros.

Luego, en voz baja, casi susurrando, me dijo "¡El amor triunfa siempre, papá, no lo olvides!"

Su cara, sin embargo, no era de amor, sino de odio. Me miraba con un gesto de asco en los labios, como si yo fuera un bicho repugnante.

Me acojoné (16) un poco, la verdad. No estaba acostumbrado a verla tan nerviosa.

—Cristina, hija, ¿te encuentras bien? —le pregunté.

En lugar de contestarme, se echó a llorar como una Magdalena. Luego se levantó de la mesa y se fue dando un portazo.

Cuando por fin me quedé solo, suspiré aliviado. Lo último que me apetecía en aquel momento era aguantar a la cursi de mi hija. Cuando se pone sentimental, se vuelve absolutamente insoportable.

Me eché en el sofá y me puse a leer, pero estaba tan **hecho polvo** (17) por todo lo que había pasado que enseguida me quedé dormido.

Llevaba un rato durmiendo cuando, de pronto, me desperté sobresaltado por un ruido.

Me quedé inmóvil (18) durante unos segundos.

No sabía qué había sido, pero estaba seguro de que algún ruido me había despertado. Podría jurar que había sido un ruido muy cercano.

Por un instante me sentí completamente desorientado. La habitación se encontraba a oscuras y ni siquiera recordaba que estaba en salón. Tampoco sabía qué hora era, pero supuse que era bastante tarde porque ya se había hecho de noche.

Aunque estaba despierto, continué tumbado en el sofá, inmóvil, **conteniendo la respiración** (19). De repente tuve la impresión de que no estaba solo, de que había alguien más allí conmigo. ¿Había entrado alguien en el piso mientras yo dormía?

Me dio mucho miedo y un escalofrío me recorrió la espalda de arriba abajo.

De repente recordé que el asesino todavía andaba suelto y que probablemente era alguien que podía entrar y salir del edificio sin levantar sospechas; alguien al que todos los vecinos conocíamos.

Alguien familiar, alguien que podía pasar totalmente desapercibido; alguien que, seguramente, tenía una llave maestra con la que podía abrir todas las puertas del bloque...

Me eché a temblar.

¿Y si se trataba de un asesino en serie que tenía planeado acabar con todos los vecinos uno a uno?

¿Era yo la próxima víctima?

Entré en pánico. Las gotas de sudor me resbalaban por la espalda. Sentía la camisa **empapada** (20).

Con el corazón encogido, muy despacio, tratando de no hacer ningún ruido, me levanté a oscuras del sofá. Tenía tanto miedo que me temblaban las rodillas.

En cuanto encendí la luz, vi que había un libro en el suelo, al lado del sofá. Era el libro que estaba leyendo cuando me quedé dormido.

Entonces me tranquilicé un poco. Pensé que, seguramente, lo que yo había oído era simplemente el ruido del libro al caer al suelo mientras estaba durmiendo. Eso era lo que, probablemente, me había despertado.

Ya más tranquilo, me dirigí hacia la cocina. Tenía mucha sed y necesitaba refrescarme un poco. Abrí el grifo y me bebí dos vasos de agua. Tenía la garganta seca. Luego me mojé la frente y el cuello para limpiarme el sudor.

Cerré el grifo, me di la vuelta y solo entonces lo vi. Estaba detrás de mí.

Me llevé un susto de muerte (21).

—¡Ahhh! —grité.

El tío estaba de pie, a la entrada de la cocina, mirándome. En una mano tenía una linterna y en la otra sostenía un martillo.

Vocabulario 6

(1) **Seguramente:** a pesar de que "seguramente" parece querer decir que algo es seguro, en realidad significa "muy probablemente" (pero no totalmente seguro).

(2) **Descartarlas:** El verbo "descartar" significa no tener en cuenta algo, no considerarlo.

(3) **Llevar a cabo:** realizar, hacer, finalizar una tarea.

(4) **¡Menudo imbécil!** ¡Qué gran imbécil ¡Qué imbécil tan grande!

(5) **Liarse a golpes:** dar muchos golpes ("Liarse a + infinitivo" significa ponerse a hacer algo con fuerza y determinación).

(6) **Cuando le da la gana:** cuando quiere, cuando le apetece, cuando lo desea.

(7) **Se me encendió una lucecita:** tuve una idea, se me ocurrió algo.

(8) **Caí en la cuenta:** la expresión "caer en la cuenta" se usa cuando recordamos o comprendemos algo de repente.

(9) **Una llave maestra:** una llave que puede abrir todas las puertas de un lugar (un edificio, un hotel, una oficina, etc.)

(10) **Como un vendaval:** de forma similar a un viento extremadamente fuerte y violento.

(11) **No tuve más remedio:** no pude evitarlo, tuve que hacerlo, no tenía alternativa, etc.

(12) **Como una cabra:** estar "como una cabra" es estar loco.

(13) **Partirse el culo:** reírse mucho, encontrar algo muy divertido.

(14) **El hazmerreír:** persona que provoca la risa o la burla de los demás debido a su aspecto o a su comportamiento ridículo.

(15) **Meter las narices:** interesarse por algo que concierne a otras personas (por ejemplo, la vida privada o los negocios de otras personas).

(16) **Me acojoné:** el verbo "acojonarse" es muy coloquial y se usa cuando algo nos da miedo. Es una palabrota (una palabra vulgar) que solo debería usarse en situaciones muy informales, con personas que conocemos muy bien.

(17) **Hecho polvo:** la expresión "estar hecho polvo" (o "hecha polvo", en el caso de una mujer) significa estar muy cansado o sentirse muy mal emocionalmente.

(18) **Me quedé inmóvil:** "quedarse inmóvil" significa permanecer en la misma posición, sin moverse, durante algún tiempo.

(19) **Conteniendo la respiración:** sin respirar.

(20) **Empapada:** muy mojada.

(21) **Me llevé un susto de muerte:** tuve un gran susto ("un susto" es una impresión momentánea de miedo causada por algo que aparece u ocurre de forma repentina e inesperada y que generalmente altera o agita la respiración).

7. Susto

—He venido a arreglar el timbre de la puerta —me dijo, sonriendo como un gilipollas.

—¡Damián! ¡Pero...! ¿Qué haces aquí? —exclamé yo.

—¿Te he despertado? —me preguntó él, echándose a reír como un imbécil—. ¡Ja, ja, ja!

—¡Más que nada me has dado un susto de muerte, cabrón!

—Perdona, Juan, no encendí la luz porque no quería despertarte.

—¿Pero por qué demonios no me avisaste de que ibas a venir? —le pregunté yo, con la voz aún **entrecortada** (1) por el miedo.

Damián **se encogió de hombros** (2), dejó el martillo y la linterna en la mesa de la cocina y se sentó en una silla. El marido de mi hija nunca me había caído bien, pero en aquel momento me pareció el ser más estúpido y odioso del planeta tierra.

—Cristina me pidió que viniera a arreglar el timbre de la puerta. Yo pensaba que te había avisado ella de que iba a venir —se disculpó.

El tío seguramente pensaba que podía entrar y salir del piso cuando le diera la gana. El problema era que yo no le podía decir nada. Al fin y al cabo, era su piso.

—¡A mí, mi hija no me ha dicho nada! ¡A mí nadie me dice nunca nada! —le contesté yo **de malos modos** (3). Después me volví de nuevo hacia el salón, dejándolo solo en la cocina.

—El timbre de la puerta lleva roto desde hace varios años, ¿y justo ahora se te ocurre venir a arreglarlo? —le grité, sentándome en el sofá.

Damián vino al salón y se sentó en un sillón enfrente de mí.

—Estamos preocupados por ti, Juan. Quizás deberías quedarte unos días con nosotros, por lo menos hasta que la policía no coja al asesino del taxista.

—¡Yo de aquí no me muevo! —le contesté de forma tajante. Ya no me temblaba la voz—. ¡Prefiero correr el riesgo de ser asesinado a martillazos, antes que compartir piso con vosotros dos y vuestros insoportables hijos!

—Como quieras, Juan. Si te hace falta algo, ya sabes dónde estamos —dijo él, **poniéndose en pie** (4).

Aunque mi yerno fingía estar tranquilo, yo sabía que se había enfadado conmigo porque al salir dio un portazo que hizo temblar las paredes del piso.

Me daba igual si se ofendía o no. Yo **no tengo pelos en la lengua** (5). Me gusta hablar claramente y llamar a las cosas por su nombre. **¡Al pan, pan y al vino, vino!** (6)

Además, que yo nunca he tenido mucha paciencia con los idiotas. Por ejemplo, cuando estaba haciendo **la mili** (7) pasé 18 meses en **el calabozo** (8) por darle un puñetazo en la cara a un sargento que me estaba gritando. Fueron dieciocho meses muy duros, pero mereció la pena.

Yo siempre he sido así, un poco impulsivo; pero desde que me jubilé, mucho más. A mi edad, a uno ya no le queda ni tiempo ni ganas ni paciencia para tratar con gandules como el marido de mi hija.

Damián no me caía bien y él lo sabía. Desde que lo vi por primera vez, no me gustó ni un pelo.

—¿Te has dado cuenta de que nunca dice palabrotas? —le dije un día a Laura, mi exmujer, cuando aún estábamos casados—. Nunca dice coño, ni joder, ni hostias...

—Querrá ser educado delante de nosotros. Querrá darnos una buena impresión. Al fin y al cabo, somos sus futuros suegros —me dijo ella, tratando de quitarle importancia al hecho, para mí completamente antinatural, de que el tipo nunca dijera palabras malsonantes.

—No me fío ni un pelo de la gente que nunca dice palabrotas. ¡No es natural! —le dije yo.

Mi mujer me miró con curiosidad, como si no estuviera segura de si yo estaba hablando en serio o en broma.

—Hablo en serio —le dije—. Hace unos días el tío estaba colgando un cuadro en la pared y de repente se dio un martillazo en un dedo... ¿Sabes qué dijo?

Mi mujer se encogió de hombros.

—¡No sé! ¿Qué dijo? —me preguntó ella, tratando de contener la risa.

—Dijo "**¡Corcho!**" (9) Eso fue todo lo que dijo: ¡Corcho! ¿Te parece normal?

Recuerdo que Laura se echó a reír.

—¡Ja, ja, ja! ¡No, no es muy normal, no...! ¡Ja, ja, ja!

Yo, sin embargo, no me reía. Yo no estaba bromeando. A mí no me hacía gracia que mi futuro yerno fuera alguien que nunca decía tacos. Me parecía raro y un poco sospechoso.

—Una persona normal se habría puesto a lanzar alaridos, habría gritado de dolor y habría dicho un montón de palabrotas. Posiblemente incluso alguna blasfemia —le dije a mi exmujer (que entonces todavía era mi mujer)—. Él, sin embargo, todo lo que dijo fue "¡Corcho!". ¡Ese tío no puede ser normal!

—Pero si nuestra hija se ha enamorado de un cursi, ¿qué podemos hacer nosotros, Juan? —me dijo ella, sin parar de reír.

La miré muy serio. Quería que entendiera que yo no estaba bromeando.

—¿Te parece normal que tu hija se case con un tipo que dice "corcho" cuando se da un martillazo en un dedo? —insistí yo.

Viéndome tan serio, Laura volvió a echarse a reír.

—¡Ja, ja, ja! ¿No crees que estás exagerando un poco? **¿Qué más da** (10) que el novio de tu hija no diga palabrotas? Solo estás un poco celoso porque piensas que te ha "robado" a tu hija. Es algo frecuente. Muchos padres sienten celos de los novios y de los maridos de sus hijas. Ya se te pasará.

A mi exmujer le encantaba psicoanalizarme. De joven, había hecho un par de cursillos de Psicología en la universidad y con eso ella ya se creía capaz de interpretar cualquier detalle, cualquier gesto, cualquier palabra mía, como si fuera el mismo Freud.

Si me enfadaba cuando ella llegaba tarde a una cita, era porque yo tenia una personalidad "anal". Si me gustaban las mujeres con el pecho grande, era porque estaba enamorado de mi madre. Si me metía el dedo en la nariz, era porque tenía una homosexualidad reprimida. Era todo muy irritante, la verdad.

—¿Y qué opinaba Freud de la gente que nunca dice palabrotas? Yo no he estudiado Psicología, pero a mí no me parece muy normal, la verdad —le dije yo.

Y se lo dije también a mi hija. Le dije que me oponía a su matrimonio y que en mi opinión estaba cometiendo un grave error al casarse con aquel cursi; que había algo en él que me daba **repelús** (11); que me parecía sospechoso que nunca dijera palabrotas y que yo no me fiaba de él **ni un pelo** (12). Pero ella tampoco **me hizo caso** (13).

Ni mi hija ni su madre me hicieron caso. Según ellas, yo solo era un padre celoso y un viejo cascarrabias que vivía amargado. Un asocial al que le caía mal todo el mundo.

Con estos pensamientos y recuerdos me fui a la cama aquella noche. Como había dormido por la tarde, ahora no tenía sueño, pero de todas formas quería echarme un poco y relajarme con una nueva historia del comisario Montalbano, mi héroe.

De repente, mientras estaba en la cama leyendo tan tranquilamente, de nuevo empecé a escuchar ruidos extraños.

Esta vez los ruidos parecían venir del otro lado de la pared, justo de la habitación en la que habían asesinado al taxista...

Me sobresalté. Se suponía que el piso de al lado estaba vacío y que allí no debería haber nadie, ¿no?

Contuve la respiración.

¿Quién había entrado en la casa del taxista? ¿La pasma? Pensé en la posibilidad de que quizás la policía hubiera vuelto para continuar la investigación de la escena del crimen.

"¿Será algún madero que quiere echar otro vistazo al dormitorio del taxista?".

Miré la hora. Eran las doce y veinte de la noche. No parecía muy probable. Pensé que era muy raro que la policía trabajase a esas horas. Al fin y al cabo, un policía es un funcionario y los funcionarios, ya se sabe, trabajan las horas que tienen establecidas por convenio **y pare usted de contar** (14).

¿Quién podía haber entrado en el piso de al lado? El taxista asesinado vivía solo y no parecía tener ni familiares ni amigos.

¿Quién estaba al otro lado de la pared de mi dormitorio? Y, **quienquiera** (15) que fuese, ¿qué había ido a buscar allí?

Entonces recordé una frase que solía decirse en todas las novelas clásicas de detectives: el asesino siempre vuelve al lugar del crimen.

"¡Exacto! ¡Eso es!", me dije entusiasmado.

Probablemente el asesino del taxista había vuelto para borrar sus **huellas dactilares** (16) y hacer desaparecer cualquier **prueba** (17) que pudiera incriminarle.

De repente fui consciente de la situación: al otro lado de la pared se encontraba, en ese justo momento, el asesino del taxista. Cuando lo pensé, sentí un escalofrío que me recorrió la espalda de arriba abajo.

Me levanté de la cama y sigilosamente, manteniendo la respiración, **pegué el oído a la pared** (18) para oír mejor e intentar comprender qué estaba pasando en el piso de al lado.

Para mi sorpresa, me pareció escuchar no una, sino varias voces…

¡Allí había más de una persona!

Eso solo podía significar una cosa: no había un asesino, sino varios.

Vocabulario 7

(1) **Entrecortada:** que no es continua. En el contexto de la historia, el personaje tiene la voz entrecortada a causa del miedo.

(2) **Se encogió de hombros:** la expresión "encogerse de hombros" significa alzar los hombros para indicar que no sabemos o que no nos importa algo.

(3) **De malos modos:** de forma desagradable, con mala educación.

(4) **Poniéndose en pie:** "ponerse en pie" significa levantarse del lugar donde se está sentado.

(5) **No tengo pelos en la lengua:** "no tener pelos en la lengua" significa hablar de forma clara y directa. Decir lo que se piensa con total sinceridad.

(6) **¡Al pan, pan y al vino, vino!** Esta expresión se usa para decir que hablamos de forma clara y directa, con total sinceridad.

(7) **La mili:** forma coloquial de referirse al servicio militar que, antiguamente, era obligatorio para todos los hombres.

(8) **El calabozo:** celda de una prisión, normalmente de un cuartel del ejército o una comisaría de policía.

(9) **¡Corcho!** En este contexto, "corcho" es una palabra que se usa para exclamar sorpresa, dolor, enfado, etc. Aunque en el lenguaje coloquial es frecuente el uso de palabras malsonantes, algunas personas las encuentran demasiado vulgares y prefieren sustituirlas por otras con un sonido parecido, pero que no son malsonantes (p.ej. "corcho" en lugar de "coño").

(10) **¿Qué más da?** Se usa esta expresión cuando pensamos que algo no tiene ninguna importancia. Es similar a "¿qué importa?"

(11) **Repelús:** sensación entre el asco y el miedo.

Ejemplo: "A mí las arañas no me dan miedo, pero me dan un poco de repelús".

(12) **Ni un pelo:** forma coloquial de decir "nada en absoluto".

(13) (Tampoco) **me hizo caso:** "hacer caso" significa prestar atención, escuchar, etc. También se puede usar en el sentido de seguir las indicaciones y sugerencias de otra persona.

(14) **Y pare usted de contar:** forma coloquial de decir "y nada más".

(15) **Quienquiera:** cualquier persona, cualquiera.

(16) **Huellas dactilares:** señales que dejan los dedos de las manos cuando tocamos una superficie. Son únicas en cada persona.

(17) **Prueba:** cualquier evidencia que demuestra que algo es o no es verdad.

(18) **Pegué el oído a la pared:** poner el oído (la oreja) en contacto directo con la pared para escuchar mejor lo que sucede al otro lado.

8. De puntillas

En cuanto escuché voces diferentes en el piso del taxista, caí en la cuenta: ¡El asesinato había sido cometido, seguramente, por varias personas, no por una sola!

Me eché a temblar.

¿Cómo no se me había ocurrido antes?

¡Era un trabajo de equipo!

Intenté **descifrar** (1) qué decían las voces al otro lado de la pared, pero no lograba entender nada. Solo podía escuchar susurros lejanos e incomprensibles. Era un murmullo que me recordaba las oraciones de los **fieles** (2) en un templo.

"Es probable que los asesinos del taxista hayan vuelto para asegurarse de que la policía no encuentra ninguna prueba que los delate", pensé.

Tenía que hacer algo antes de que fuera demasiado tarde…

Vale, ¿pero qué? ¿Qué podía hacer yo? Yo era tan solo un pobre viejo solitario al que nadie **se tomaba en serio** (3).

Fui al salón y, tan sigilosamente como pude, abrí la puerta del piso. El corredor estaba a oscuras y no se oía nada.

Sin encender la luz y caminando **de puntillas** (4) para no hacer ruido, me acerqué al tercero derecha, el piso donde se había cometido el crimen.

Al llegar pegué el oído a la puerta e intenté escuchar qué pasaba dentro. Tenía la esperanza de identificar a alguna de las personas que se encontraban en el interior en ese momento.

"Si son vecinos", me dije, "seguramente los reconoceré por la voz".

Con mi mejor oído (el oído izquierdo) pegado a la puerta, solo escuchaba murmullos lejanos de gente que susurraba en voz baja, pero no me era posible entender qué decían. Tampoco lograba reconocer ninguna de las voces. Hablaban demasiado bajo. **Más que hablar, susurraban** (5).

Me pareció que una de las voces era una voz de mujer, pero no estaba completamente seguro.

De repente, justo detrás de la puerta, escuché con claridad una respiración.

¡Había alguien al otro lado!

El corazón me dio un vuelco y me llevé un susto de muerte.

Enseguida comprendí que justo al otro lado había alguien que tenía también la oreja pegada a la puerta e intentaba escuchar lo que pasaba fuera.

Con horror me di cuenta de que en aquel mismo momento me encontraba pegado, oído con oído, al asesino o a uno de los asesinos del taxista. ¡Solo la puerta me separaba de él!

O de ella...

Entre las voces que escuchaba me parecía entender que había alguna mujer, aunque no lograba identificarla.

El corazón se me puso a cien. Si el asesino o los asesinos me descubrían espiando sus movimientos, **yo estaba perdido** (6). Me eché a temblar.

Muy lentamente para no hacer ruido, casi sin respirar, me fui separando de la puerta hacia atrás…

¡Si yo había escuchado la respiración del asesino, seguramente el asesino también habría escuchado la mía!

¿Había sido descubierto? ¿Sabía el tipo al otro lado de la puerta quién era yo?

Empecé a caminar hacia atrás por el pasillo. Iba muy despacio, a oscuras, dando pasitos cortos en dirección a mi apartamento para no llamar la atención.

No quería encender la luz para que el asesino no me viera.

Cuando me alejé un poco de la puerta, me di la vuelta y empecé a caminar hacia adelante en dirección a mi piso. Ahora iba más deprisa.

Ya no caminaba hacia atrás, pero iba de puntillas para evitar hacer ruido.

Como estaba a oscuras, no veía nada y tenía que orientarme pasando la mano por la pared. ¡Nunca me había parecido tan largo aquel pasillo! ¡No terminaba nunca!

De repente, en medio de la oscuridad, la mano con la que me guiaba por la pared tocó algo; algo blando, algo con pelo, algo con ropa...

¡Alguien estaba allí a mi lado!

Me llevé otro susto de muerte y no pude evitar lanzar un grito:

—¡AAAAAhhhhhhhh!

Me dio tanto miedo que eché a correr hacia mi piso tan rápido como pude (que, a mi edad, la verdad es que no era una gran velocidad). Quería escapar, esconderme antes de que el asesino acabase con mi vida.

Yo tenía tanto miedo que no me atrevía a mirar hacia atrás.

Cuando llegué a mi puerta estaba tan nervioso que no podía encontrar la llave para abrir la cerradura y entrar en mi casa; **buscaba y rebuscaba** (7) por todos los bolsillos, en los pantalones, en la chaqueta, pero no daba con la maldita llave.

Y cuando por fin di con ella, el pasillo estaba tan oscuro que **no acertaba a** (8) meterla en la cerradura.

A mis espaldas sentía los pasos de alguien que se acercaba.

De repente se encendió la luz y no pude evitar mirar hacia atrás.

Entonces lo vi.

¡Era Gustavo! ¡El hijo del presidente de la comunidad! ¡El tipo que se encargaba de hacer todas las reparaciones del edificio!

Yo lo miré. Él me miró.

Los dos no miramos sin decirnos nada. No había nada que decir. En un instante tuve la certeza de que él era el asesino. Él era el asesino y yo lo había descubierto.

Y él lo sabía. Él sabía que yo sabía que era él el que había matado al taxista.

No había nada más que decir.

Como yo ya sospechaba, el hijo del presidente de la comunidad probablemente tenía una llave maestra que abría todos los pisos y, aunque no vivía en el bloque, seguramente podía entrar y salir del edificio sin llamar la atención. Todos lo conocíamos.

Como si leyera mis pensamientos, Gustavo empezó a caminar hacia mí. Solo entonces me di cuenta: ¡Llevaba un martillo en la mano!

"¡Ese es el martillo con el que mató al taxista!", pensé.

Con la luz encendida, pude finalmente meter la llave en la cerradura. Menos mal, porque el tipo, Gustavo, estaba cada vez más cerca.

Para mi sorpresa, la puerta se abrió de repente, antes de que yo diera la vuelta a la llave en la cerradura.

¡Alguien había abierto la puerta de mi piso desde dentro!

Por un instante creí que me iba a **desmayar** (9) del miedo que tenía. ¿Quién había entrado en mi casa mientras yo estaba fuera? ¿Quizás un cómplice del asesino?

Tengo que confesar que me dio mucho susto. ¡Estaba **acorralado** (10)! ¡No podía escapar!

De repente escuché una voz familiar.

—¿Papá? ¿Qué haces? ¿Dónde estabas?

¡Era mi hija! ¡Era ella la que había abierto la puerta del piso desde el interior!

—Pero ¿qué haces tú aquí? —le pregunté yo, entrando precipitadamente y cerrando la puerta de un portazo detrás de mí.

Una vez dentro me di cuenta de que no estaba sola. Detrás de ella, sentado en el sofá, se encontraba también mi yerno.

Suspiré aliviado. Por primera vez en mi vida me alegré de ver a mi hija y a su marido juntos.

Vocabulario 8

(1) **Descifrar:** comprender o explicar algo de difícil comprensión.

(2) **Fieles:** creyentes, miembros de una iglesia.

(3) "Un pobre viejo solitario al que nadie **se tomaba en serio**": la expresión "tomarse en serio" significa pensar que (algo o a alguien) merece seriedad, respeto, consideración, etc.

(4) Caminando **de puntillas**: caminar apoyándose en la punta de los dedos de los pies, normalmente para no hacer ruido.

(5) **"Más que** hablar, susurraban": en este contexto, "más que" significa algo similar a "en lugar de".

(6) "Yo estaba **perdido**": en este contexto, "estar perdido" significa encontrarse en una situación de gran peligro de la que es imposible escapar.

(7) Buscaba y **rebuscaba:** el verbo "rebuscar" significa buscar mucho y con cuidado. A veces se usa la expresión "buscar y rebuscar" para dar énfasis.

(8) "**No acertaba a** meterla en la cerradura": en este contexto, la expresión "no acertar a (hacer algo)" significa no ser capaz o no lograr hacer algo a pesar de que se intenta varias veces.

(9) "Creí que me iba a **desmayar**": el verbo "desmayarse" significa perder el conocimiento.

(10) **Acorralado**: estar atrapado, que no se puede escapar de un lugar o de una situación de peligro.

9. Demonios

La visita de mi yerno y mi hija me pilló totalmente por sorpresa. No me los esperaba allí a aquellas horas de la noche.

—Damián me contó vuestro encuentro de esta tarde y me dijo que te había visto un poco raro —me explicó mi hija—. Estamos preocupados por ti y no queremos que pases otra noche aquí solo, papá. Hemos venido a llevarte a casa.

Cerré la puerta con el cerrojo y sin decir nada me fui directo a la cocina a beber un vaso de agua.

Quería contarles enseguida lo que me había pasado en el pasillo y cómo acababa de descubrir que Gustavo era el asesino del taxista, pero primero me hacía falta beber algo. Tenía la garganta seca.

Mientras estaba abriendo el grifo, escuché que alguien llamaba a la puerta del piso con los nudillos.

¡Seguramente era Gustavo! ¡El asesino!

—¡No abráis a nadie! —les grité, volviendo **precipitadamente** (1) hacia el salón.

Cuando llegué, Damián ya se había levantado del sofá y estaba yendo a abrir.

—¿Pero qué haces, imbécil? ¡Si abres nos matarán a todos! ¡No los dejes pasar!

Como el que oye llover, el gilipollas de mi yerno abrió la puerta antes de que yo se lo pudiera impedir.

"¿Pero por qué demonios no me hace caso nadie?", pensé desesperado, mientras veía con horror como Gustavo, el hijo del presidente de la comunidad, entraba en el piso.

El corazón me dio un vuelco y las piernas me empezaron a temblar: ¡El tío todavía llevaba el martillo en la mano!

—El timbre no funciona —dijo Gustavo con calma, ya en el salón. Luego, el muy cabrón se echó a reír.

—¡Ja, ja, ja!

Nos miraba a los tres con cara de asco, como se mira una cucaracha **antes de aplastarla con el pie** (2).

—Lo sé —dijo el marido de mi hija, echándose también a reír—. ¡Lleva roto desde hace muchos años!

Mi yerno hablaba **con una sangre fría que me sorprendió** (3). Pensé que todavía no se había dado cuenta de la gravedad de la situación.

—¡Es el asesino del taxista, imbécil! ¡Nos va a matar a todos! ¡No te quedes ahí parado! ¡Haz algo!

Para mi sorpresa, Damián volvió a echarse a reír.

—¡Ja, ja, ja!

Iba a preguntarle qué le hacía tanta gracia, cuando, por la puerta del piso, que había quedado abierta, de repente apareció alguien más.

Me sonaba su cara... ¡Era el vecino del quinto!

Luego me di cuenta de que detrás de él venía su mujer, que me miraba con cara de asco, como si me odiara. Con horror vi que los dos llevaban también un martillo en las manos.

—¿Te das cuenta, Gus? ¡El viejo piensa que tú eres el asesino del taxista! —dijo mi yerno, echándose a reír otra vez—. ¡Ja, ja, ja!

—¿Gus? —dije yo sorprendido—. **¿Qué demonios es esto?** (4)

Yo no entendía cómo el marido de mi hija llamaba de esa forma tan familiar, "Gus", al hijo del presidente de la comunidad.

—¿Os conocéis? ¿Sois amigos? ¿Desde cuándo lo llamas "Gus", en lugar de Gustavo?

Miré a mi hija.

—¿Cristina, hay algo que tú sepas y que yo no sé, pero que debería saber?

—¡No te preocupes, papá! ¡Al final, el amor triunfa siempre! —me contestó la muy cursi, echándose a llorar como una Magdalena.

Yo estaba cada vez más confundido. No entendía nada.

Poco a poco, fueron llegando más vecinos: el graciosillo del cuarto derecha, las dos solteronas del primero, el tío con problemas de próstata, la mosquita muerta con su marido...

Cada uno de ellos sostenía un martillo en las manos y me miraba con cara de asco, como si me odiara, pero lo que me llamó más la atención fue que todos iban vestidos del mismo modo: llevaban **túnicas** (5) negras de seda, con **una capucha** (6) detrás que les caía por la espalda.

Yo no acababa de entender lo que estaba pasando, pero de todas formas aquello no tenia buena pinta, la verdad.

—¿Qué demonios es esto? —exclamé yo otra vez. Estaba tan **acojonado** (7) que me temblaba la voz y **apenas** (8) me salían las palabras de la boca.

En un santiamén, la habitación se llenó con todos los vecinos del bloque. No faltaba ninguno.

Parecía una reunión de la comunidad, una reunión "especial" convocada urgentemente y por sorpresa en el salón de mi piso y de la que nadie me había avisado.

El último en presentarse fue el presidente. El tío también iba vestido con una túnica de seda con capucha, pero la suya no era negra, sino roja, mucho más chula que las otras. Supuse que eso quería decir que él era el jefe y que los otros harían lo que él les dijera.

De hecho, cuando se presentó en mi casa vestido con su túnica roja tan chula, los vecinos se hicieron a un lado para dejarlo pasar.

Tuve la impresión de que se habían vuelto todos locos.

Vocabulario 9

(1) **Precipitadamente:** hacer algo con mucha prisa y sin cuidado, sin reflexionar.

(2) (...) Antes de a**plastarla** con el pie: el verbo "aplastar" significa destruir una cosa haciendo presión con algo pesado (el pie o la mano, por ejemplo).

(3) Con **una sangre fría** que me sorprendió: hacer algo "con sangre fría" es hacer algo peligroso con calma, con tranquilidad.

(4) **¿Qué demonios es esto?** La palabra "demonios" (diablos) se puede añadir a una pregunta para dar énfasis y expresar una mayor sorpresa o desagrado.

(5) **Túnica:** vestidura exterior amplia y larga.

(6) **Capucha:** parte de una prenda de ropa que cae sobre la espalda y con la que se puede cubrir la cabeza.

(7) (Estar) **acojonado:** tener miedo (vulgar).

(8) **Apenas:** con dificultad, en muy poca cantidad.

10. Cabrones

El presidente de la comunidad se acercó hacia mí y, sin dejar de mirarme a los ojos, alzó los brazos hacia el techo.

—¡Ha llegado la hora! —gritó.

La verdad es que el tío tenía pinta de **estar como una cabra** (1) y a mí me empezaron a temblar las rodillas del miedo que me estaba dando.

Como es fácil imaginar, querido lector, **yo estaba acojonadísimo** (2).

—¿La hora de qué? —pregunté yo con la voz entrecortada, en voz baja, casi susurrando.

Nadie me contestó. Y quizás fue mejor así, porque no creo que me hubiera gustado la respuesta.

Detrás del presidente, todos los vecinos se cubrieron la cabeza con la capucha de la túnica y alzaron **al unísono** (3) los martillos que sostenían en las manos, antes de empezar a avanzar hacia mí en actitud amenazante.

Pero lo que más miedo me daba no eran los martillos. **Lo que más me acojonaba** (4) era la cara de asco con la que me miraban, como si yo fuera un bicho repugnante al que había que exterminar.

Di unos pasos hacia atrás, intentando alejarme de ellos.

—¿Han venido a arreglar el timbre de la puerta? ¡Me alegro! ¡Ya era hora, amigos! ¡Lleva roto desde **el año catapún**! (5)

Aunque me temblaban las rodillas por el miedo, pensé que lo mejor era usar mi genial sentido del humor para relajar un poco el ambiente.

—¿No es un poco pronto para Halloween, chicos? —les dije, sonriendo nerviosamente.

A nadie le hacían gracia mis chistes. Supongo que pensaban que yo era el típico graciosillo que hacía bromitas estúpidas en los momentos más inoportunos. Es lo que yo también habría pensado de estar en su lugar, la verdad.

Cuando los vi más de cerca, me di cuenta de que las túnicas que vestían estaban decoradas con un dibujo a la altura del pecho. No estaba seguro, pero parecía el dibujo de una cabra de grandes **cuernos** (6).

—¡Un dibujo muy apropiado! ¡Han dado en el clavo con ese logo, señores! ¡Todos ustedes están como una cabra! —les dije yo, echándome a reír—. ¡Ja, ja, ja!

Yo fui el único que se rio. Ellos tampoco esta vez se rieron. Parecía que mis vecinos no tenían ningún sentido del humor.

—¡Sonreíd, cabrones! —les grité yo, pero no me hicieron caso y siguieron avanzando hacia mí con cara de pocos amigos.

Es más, parecía que les estaba tocando las narices que no me los tomase en serio.

Decidí dejar de usar el humor con ellos. No valía la pena. Estaba claro que no sabían apreciar mi fina ironía.

Además, no quería acabar con su paciencia. Tuve la impresión de que, a fuerza de contar chistes malos, estaba aumentando su odio hacia mí y terminarían por darme los martillazos aún más fuertes. Estaba logrando lo contrario de lo que pretendía.

Mientras avanzaban en mi dirección, susurraban algo que yo no lograba entender. Me recordaba el murmullo de las viejas de mi pueblo, cuando de niño las escuchaba rezar el rosario en la iglesia.

Yo estaba paralizado por el miedo. Los veía venir sosteniendo cada uno un martillo y no sabía qué hacer.

Con horror descubrí que entre los **chiflados** (7) que avanzaban hacia mí se encontraba también el imbécil de mi yerno y, para mi desolación y tristeza, a su lado vi que también estaba la cursi de mi hija, llorando como una Magdalena mientras, al mismo tiempo, levantaba amenazante su martillo. Ella era la única que no me miraba con cara de asco.

—¡Cristina! ¿Qué haces, desgraciada? ¡Soy tu padre!

Al mismo tiempo que los vecinos se me acercaban amenazantes, yo intentaba alejarme de ellos en la dirección opuesta, dando pequeños pasos hacia atrás.

Logré mantenerlos a distancia, hasta que **mi espalda chocó con la pared** (8) y no pude continuar retrocediendo.

¡Estaba acorralado! ¡No había forma de escapar de allí!

Cuando el grupo estuvo más cerca pude entender lo que susurraban:

—¡El amor triunfa siempre, el amor triunfa siempre, el amor triunfa siempre, el amor...! —Era como un mantra religioso que repetían sin cesar, de forma mecánica.

Me dio tanto miedo que pensé que me iba a desmayar, lo que quizás fuera lo mejor que me podría pasar en aquella situación.

"¡Ojalá me desmayase! ¡Así no sentiría los golpes!", me dije.

Se me ocurrió que tal vez estaba viviendo una pesadilla y que todo terminaría en cuanto me despertase por la mañana.

Cerré los ojos con fuerza y empecé a darme golpes y puñetazos en la cara yo mismo para intentar despertarme.

"¡Despierta, despierta! ¡Esto es solo un sueño, esto es solo un sueño!", me decía.

Luego abrí los ojos con la esperanza de que los vecinos hubieran desaparecido de mi vista, pero no... Para mi desgracia, allí seguían, avanzando hacia mí amenazantes, dispuestos a molerme a golpes de martillo mientras susurraban "¡El amor triunfa siempre, el amor triunfa siempre!"

En aquel momento la luz se apagó y toda la habitación se quedó a oscuras. Comprendí que había llegado mi hora.

"¡Qué infierno!", pensé. "¡Solo espero que todo pase cuanto antes!"

De repente sentí que alguien me cogía de la mano y me susurraba algo al oído.

—¡Venga conmigo! ¡Sígame! —me dijo el desconocido, al mismo tiempo que **tiraba de mí** (9).

Me sonaba su voz, pero con la capucha puesta y con la habitación a oscuras era imposible saber quién era.

Lo que sí pude ver es que, quienquiera que fuese que tiraba de mí, en la mano que tenía libre llevaba un objeto que alzaba en alto para que todos lo vieran bien. Yo no sabía de qué se trataba, pero tenía pinta de ser algo metálico que brillaba en la oscuridad con la luz de la **luna llena** (10) que entraba por la ventana.

Para mi sorpresa, los vecinos chiflados **se pararon** (11) y echándose hacia un lado nos dejaron pasar entre ellos sin atacarnos.

No tenía ni idea de qué estaba pasando, pero me parecía ver que todos miraban con miedo a la persona que tiraba de mí (fuera quien fuera) y al objeto que sostenía en alto (fuese lo que fuese).

Poco a poco, caminando muy lentamente, abriéndonos paso con cuidado entre el grupo de encapuchados, alcanzamos la puerta y salimos del piso.

—¡Venga conmigo! ¡Deprisa! —me ordenó el desconocido que tiraba de mí, quienquiera que fuese.

Cogidos de la mano corrimos hasta el final del pasillo, pero, en lugar de bajar a la calle como yo esperaba, subimos las escaleras.

—¡La puerta de la calle está cerrada! —me susurró al oído la persona que tiraba de mí—. Esta noche Gustavo cambió la cerradura y la cerró con llave para que nadie del bloque pudiera escapar.

Eso significaba que estábamos atrapados dentro del edificio y que yo no tenía otra alternativa que seguir a aquella persona desconocida, quienquiera que fuese.

En un santiamén llegamos a la planta de arriba.

Yo ya estaba hecho polvo de tanto correr e **iba con la lengua fuera** (12). A mi edad, **uno ya no está para estos trotes** (13).

Nos detuvimos cuando llegamos a la puerta del cuarto izquierda.

—¡Entre! ¡Rápido! —me ordenó la persona que me había salvado de morir a golpes de martillo (quienquiera que fuese), abriendo la puerta del piso y empujándome hacia el interior.

Una vez dentro, cerramos de un portazo y los dos nos quedamos inmóviles, con la respiración contenida, mirándonos a los ojos e intentando no hacer ningún ruido para no ser descubiertos.

Luego, casi sin pensar, de forma instintiva, alcé una mano y le quité la capucha al desconocido que me había salvado la vida. Necesitaba saber quién era.

¡La mosquita muerta!

Me quedé de piedra. Mi vecina de arriba, la del cuarto izquierda, era la última persona que me esperaba ver debajo de aquella capucha.

Luego, mirándola mejor, me di cuenta de que el objeto metálico con el que se había abierto paso entre los cabrones que querían matarme era **un crucifijo** (14).

—¿Qué demonios significa todo esto? —exclamé yo.

Vocabulario 10

(1) **Estar como una cabra:** estar loco.

(2) Yo estaba **acojonadísimo:** "estar acojonado" es una expresión muy coloquial que significa "tener miedo. Atención: es una expresión muy frecuente, pero vulgar. Debe evitarse con personas desconocidas o en situaciones formales.

(3) **Al unísono:** al mismo tiempo.

(4) **Lo que más me acojonaba:** el verbo "acojonar" se usa de forma coloquial en el sentido de dar o provocar miedo. Atención: es un verbo muy frecuente, pero vulgar. Debe evitarse con personas desconocidas o en situaciones formales.

(5) **El año catapún:** esta expresión se usa cuando queremos hablar de un momento muy lejano del pasado, pero sin dar detalles, de una forma muy imprecisa.

(6) **Cuernos:** huesos que algunos animales tienen en la cabeza (cabras, toros, ciervos, etc.) para la defensa o el ataque.

(7) **Chiflados:** locos.

(8) Mi espalda **chocó con** la pared: el verbo "chocar" se usa cuando un objeto entra en contacto con otro objeto de forma violenta (por ejemplo, un coche choca con otro coche en la calle).

(9) Mientras **tiraba de mí**: en este contexto, "tirar" es lo contrario de empujar. Es decir, hacer fuerza para llevar algo en la dirección de uno mismo. Por ejemplo, en las puertas de muchas tiendas se puede leer: EMPUJAR - TIRAR.

(10) **Luna llena:** cuando la luna aparece completa en el cielo.

(11) **Se pararon:** se detuvieron.

(12) **Iba con la lengua fuera:** la expresión "ir con la lengua fuera" quiere decir "estar muy cansado" (los perros, por ejemplo, van con la lengua fuera cuando están cansados).

(13) **Uno ya no está para estos trotes:** Esta expresión se usa cuando una persona se siente demasiado vieja para hacer algo (normalmente algo que requiere ejercicio físico) que solía hacer de joven.

(14) **Un crucifijo:** una cruz con la imagen de Jesucristo crucificado.

11. El fantasma

La mosquita muerta y yo nos quedamos un rato en el centro del salón, quietos, inmóviles, sin saber qué hacer, sin saber dónde ir, mirándonos en silencio. Ninguno se atrevía a decir ni a hacer nada.

Yo sentía sus ojos clavándose en los míos y era como si tuviera los pies pegados al suelo. No me podía mover. Hacía tiempo que nadie me miraba con tanta intensidad como me estaba mirando ella en aquel momento.

Para evitar que la mosquita muerta notara mi **turbación** (1), aparté la vista y di un paso hacia atrás. Quería alejarme un poco de ella.

—Así que... ¡Aquí es donde vives! —dije yo, por decir algo.

Echando un vistazo rápido a mi alrededor, enseguida me di cuenta de que el piso de la mosquita muerta parecía tener las mismas dimensiones y la misma disposición que el mío.

Lo único diferente eran los muebles y la decoración de las paredes, claro. Por el resto, se parecían como dos gotas de agua. No era de extrañar. Yo vivía en el tercero izquierda y ella en el cuarto izquierda. El suelo de su piso era el techo del mío.

Se estaba bien allí. Se respiraba un ambiente cálido y familiar que me tranquilizaba y me hacía sentir en paz con el mundo. Era extraño, pero por un instante tuve la sensación de que había vuelto, de niño, a la casa de mi madre en el pueblo. Casi podía oler las galletas y las magdalenas recién hechas saliendo del horno...

Aunque sabía que el peligro aún no había pasado, me sentía a gusto en el piso de la mosquita muerta. Era consciente de que su marido o Gustavo o cualquier otro de aquellos malditos vecinos chiflados podía presentarse allí en cualquier momento con un martillo en las manos y molernos a golpes a los dos, pero de alguna manera tenía la sensación de que nada malo me podría pasar al lado de aquella mujer.

Ahora que la veía de cerca, la mosquita muerta me transmitía una calma y una seguridad que no había experimentado desde hacía mucho, mucho tiempo.

Detrás de ella vi, **entreabierta** (2), la puerta de la cocina y no pude evitar recordar los ruidos y los gemidos salvajes que escuchaba cada mañana temprano desde que me había mudado al piso de abajo.

Pensé que seguramente mi vecina era una fiera sexual, una ninfómana siempre insatisfecha. Y su marido, probablemente, un degenerado con mucha suerte.

Me imaginé que a lo mejor él era su esclavo sexual: siempre sumiso, siempre dispuesto a participar en los juegos eróticos más pervertidos que a ella se le pudieran ocurrir, siempre **listo a** (3) satisfacer los deseos más ocultos de su mujercita...

¡Qué suerte tenía el tío! ¡Lo envidié con toda mi alma! No todos los hombres tienen la fortuna de dar con una mujer así.

Como se puede imaginar, querido lector, en aquel momento yo tenía muchas preguntas que me daban vueltas en la cabeza, pero antes de que tuviera tiempo de decir nada empezamos a escuchar las sirenas de los coches policía y, en tan solo unos minutos, el edificio se llenó de arriba abajo de maderos con cara de pocos amigos.

Detrás de la puerta, en silencio, conteniendo la respiración, escuchábamos cómo los policías iban entrando en los pisos **a patadas** (4), planta por planta. No llamaban ni con los nudillos ni con el timbre; simplemente le daban una patada a la puerta y sacaban a empujones a **quienquiera** (5) que estuviese dentro.

Por las voces y ruidos que escuchábamos, comprendimos que los policías estaban llevando a la calle a todos los vecinos del bloque. Con cuidado de no ser vistos, la mosquita muerta y yo nos asomamos a la ventana y desde allí observamos cómo los iban metiendo uno a uno y de malos modos en furgones para, supuse, llevárselos detenidos a comisaría y meterlos en el calabozo.

Yo me eché a temblar. Pronto llegaría nuestro turno.

La escena me trajo muy malos recuerdos del tiempo que pasé entre rejas por pegarle **un puñetazo** (6) a un sargento.

Fue durante aquellos dieciocho meses en la cárcel militar que desarrollé un odio mortal hacia el ejército, la policía, los jueces, los abogados... No soportaba las jerarquías y no me fiaba ni un pelo de nadie que trabajase para el estado.

No me gustaban ni los bomberos. Cualquiera que llevara un uniforme y trabajase para el estado, me parecía sospechoso. Ni siquiera los carteros me caían bien.

—¡Quítate esa túnica! Cuando vengan a por nosotros, les diré que tú no tenías nada que ver con esos locos; que me has ayudado, que me has salvado la vida. Les explicaré que...

La mosquita muerta se llevó un dedo a la boca para hacerme callar.

—¡Shhhhhh!

No me atreví a decir nada más, pero me quedé mirándola unos segundos. En realidad, estaba muy guapa con aquella túnica negra y en el fondo no quería que se la quitase. Le quedaba muy bien.

—¡No se preocupe, Juan, el amor triunfa siempre! —me dijo ella sonriendo.

"Esta tía es tan cursi como mi hija", pensé. Pero **me mordí la lengua** (7) y no le dije nada. No me parecía el momento oportuno y tampoco quería ser maleducado. Al fin y al cabo, la tía me había salvado la vida.

De repente, la puerta se abrió de un golpe y entraron en el piso cuatro o cinco maderos **armados hasta los dientes** (8). Todos llevaban uniforme negro, casco y un **pasamontañas** (9) del mismo color que les ocultaba la cara.

La mosquita muerta y yo nos llevamos un susto de muerte y nos abrazamos, cada uno buscando el calor y la protección del otro.

Los policías, en cuanto nos vieron, nos apuntaron a la cabeza con sus fusiles.

Sorprendentemente, yo no tuve miedo. Lo único que sentía en ese momento era el pecho de la mosquita muerta pegado al mío.

—¡Quieto todo el mundo! ¡Que no se mueva nadie! —gritaron los maderos al entrar.

No tuvimos tiempo de reaccionar. En un santiamén, a mí me empujaron con violencia hacia un lado para **quitarme de en medio** (10) y que no **estorbase** (11); a ella la agarraron entre dos y se la llevaron. La mosquita muerta no ofreció ninguna resistencia y se fue con ellos sin hacer ruido y sin protestar.

Todo fue muy rápido. No tuve tiempo de explicarles que aquella mujer me había ayudado a escapar de los vecinos asesinos y que si estaba vivo era gracias a ella.

Quise salir al pasillo para al menos despedirme y decirle que haría todo lo posible para aclarar la situación, pero uno de los policías me cerró el paso y me lo impidió.

—¿Dónde va? ¡Usted quédese aquí! ¡Mire a la pared y ponga las manos detrás de la cabeza! —me ordenó el tipo, de muy malos modos.

—¡Quédese ahí! ¡No se mueva y no abra la boca! —me gritó otro.

Yo obedecí e hice lo que me dijeron. Volví a acordarme otra vez de la mili. Luego se fueron todos deprisa y el piso volvió a quedarse en silencio, pero yo continué mirando a la pared. No me atrevía a darme la vuelta.

—¿Cómo se encuentra usted? —me preguntó de repente alguien a mi espalda.

Su voz me sonaba. Era una voz de mujer, pero no podía identificarla.

Miré de reojo, pero no lograba verle la cara.

—Ya puede darse la vuelta —me dijo.

Me giré y la reconocí enseguida. Era la mujer policía que me había avisado unos días antes de que yo estaba en peligro; la que me aconsejó cerrar siempre la puerta del piso con cerrojo.

—Estoy bien. No me han tocado ni un pelo —le contesté.

—Ha tenido suerte. Esta gente es peligrosa.

—Ya me he dado cuenta...

Justo entonces, por detrás de ella, vi entrar en el piso a otro tipo con pasamontañas. No tenía pinta de madero, pero, por algún motivo, él también se ocultaba la cara.

Seguramente, no quería que nadie lo reconociera.

La mujer policía se giró un instante para mirarlo. Luego volvió a mirarme a mí y, con una sonrisa casi diabólica, me dijo:

—Creo que ustedes dos ya se conocen, ¿no?

No tenía ni idea de qué quería decir. ¿Aquel tío y yo nos conocíamos?

Sin decir nada, el tipo que acababa de entrar empezó a quitarse lentamente el pasamontañas que le ocultaba **el rostro** (12). Por un instante tuve la impresión de que se lo quitaba en cámara lenta, como si le costara enseñar la cara, como si no quisiera hacerse ver...

Pero antes de que terminara de quitarse el pasamontañas, yo ya sabía quién era.

Me quedé helado. No podía creer lo que estaban viendo mis ojos.

¡Era el taxista! ¡El taxista!

¡El tío que no me dejaba dormir por las noches con sus ronquidos!

¡El tío que habían asesinado a golpes de martillo!

¡Estaba vivo!

Me llevé un susto de muerte.

¡El tío estaba vivo!

¿Estaba vivo...? ¿Estaba vivo realmente?

¿Estaba vivo o era un fantasma?

¡Qué susto!

Miré a la mujer policía. ¿Estaba viendo ella lo mismo que estaba viendo yo?

Luego miré al taxista. Luego otra vez a la mujer policía. Después otra vez al taxista...

Me sentía paralizado por el miedo.

¿Qué demonios era aquello? ¿Me estaban **tomando el pelo** (13)? ¿Se trataba todo de una broma macabra?

Me sentía totalmente confundido. **Estaba mareado** (14) y la cabeza me daba vueltas. No sabía qué decir, no sabía qué hacer.

Me parecía haber entrado dentro de una película de ciencia ficción, una de esas pelis en las que de pronto el protagonista descubre que desde niño ha vivido un engaño; que la realidad no existe, que lo que él llamaba "mi vida" existía solo en su imaginación...

¿Me estaba volviendo loco? ¿Estaba yo también como una cabra?

Viendo mi confusión, la mujer policía y el taxista (o su fantasma) se echaron a reír.

—¡Ja, ja, ja!

Entonces se me pasó por la cabeza otra vez la posibilidad de que todo aquello fuera solo un sueño.

"¡Ojalá! ¡Ojalá todo fuera un sueño! ¡Ojalá fuera viernes! Si fuera viernes, yo ahora estaría durmiendo en mi dormitorio y en unos segundos mi hija entraría como un vendaval en mi casa, abriendo las cortinas y las ventanas y gritando: '¡Venga, papá, arriba, levántate! ¿Qué haces todavía en la cama?' ¡Ojalá! ¡Ojalá todo fuera un sueño!"

Entonces descubrí, sobre la mesa del salón, el crucifijo de metal que la mosquita muerta había usado para abrirse paso entre los vecinos. Eso me hizo recordar lo que había pasado en mi piso tan solo un rato antes y cómo los vecinos del bloque habían intentado asesinarme a golpes de martillo.

Me acordé también de que entre los atacantes se encontraban mi hija y su marido y que, si no hubiera sido por la mosquita muerta, yo ahora estaría en **el otro barrio** (15).

Las piernas me temblaban. Estaba tan mareado y la cabeza me daba tantas vueltas que creí que me iba a desmayar allí mismo.

La mujer policía y "el fantasma" debieron de pensar lo mismo porque los dos se acercaron hacia mí enseguida y, cogiéndome cada uno de un brazo, me llevaron hasta un sillón y abrieron la ventana que había al lado.

En mi confusión, por un instante se me pasó por la cabeza la terrible idea de que tal vez querían lanzarme a la calle por aquella ventana, simulando un suicidio.

—¡Nooooo! ¡No me toquen! ¡No me toquen! ¡Déjenme en paz! —gritaba yo, desesperado.

—Siéntese aquí, que le dé un poco de aire fresco —me dijo ella con calma, señalándome el sillón con la mano y sonriéndome con una sonrisa amable.

Aquella sonrisa me tranquilizó un poco. Me senté y suspiré aliviado.

De repente, sin pensarlo, de forma casi instintiva, apoyé la cabeza en el pecho de la mujer policía y me eché a llorar de una forma tan desconsolada como no lo hacía desde que era un niño. Un río de lágrimas empezó a descender por mis mejillas.

Mientras yo lloraba como una Magdalena, ella me acariciaba el pelo. Hacía tiempo que nadie me acariciaba la cabeza de aquel modo tan maternal.

El taxista (o su fantasma o quienquiera que fuese) seguía sin abrir la boca. El tío estaba allí de pie, en el centro de la habitación, observándonos en silencio.

¿Era yo el único que lo veía?

Sentado en aquel sillón, de pronto empecé a sentirme extraño. No recordaba que en mi piso hubiera un sillón como aquel...

Miré a mi alrededor desconcertado. No reconocía ni los muebles ni los cuadros colgados de las paredes. Entonces caí en la cuenta de que todavía me encontraba en el piso de la mosquita muerta.

—Quiero irme a mi casa —susurré en voz baja.

Pero ellos no me entendieron y me llevaron tan solo al piso de abajo.

Vocabulario 11

(1) **Turbación:** confusión, desconcierto, sentirse desorientado, perdido, etc.

(2) **Entreabierta:** abierta solo un poco, no totalmente.

(3) (Estar) **listo a** (+ infinitivo): preparado para hacer algo.

(4) (Entrar) **a patadas:** en este contexto, "a patadas" significa abrir una puerta de forma violenta, dando "una patada" (un golpe fuerte con el pie) a la puerta.

(5) **Quienquiera:** cualquiera, cualquier persona.

(6) Pegar **un puñetazo:** golpe que se da con el puño de la mano (puño: la mano cerrada).

(7) **Me mordí la lengua:** en este contexto, la expresión "morderse la lengua" significa reprimirse para no decir algo que tenemos la tentación de decir.

(8) **Armados hasta los dientes:** esta expresión describe a alguien (una persona, un ejército, una banda criminal, etc.) que tiene muchas armas y está listo para usarlas.

(9) **Pasamontañas:** prenda de ropa que cubre toda la cabeza hasta el cuello. Algunos tipos de pasamontañas, como el que usan los personajes de esta historia, cubren también parte de la cara (dejan al descubierto solo los ojos y la nariz).

(10) Para **quitarme de en medio:** en este contexto, la expresión "quitar de en medio" significa apartar algo (o a alguien) hacia un lado para que no estorbe.

(11) Y que no **estorbase:** el verbo "estorbar" significa ser un obstáculo (un problema, una dificultad, etc.) para que otra persona haga algo. Si eres un obstáculo, le impides o le dificultas a otra persona la realización de una tarea.

(12) **El rostro:** la cara.

(13) ¿Me estaban **tomando el pelo?** La expresión "tomar el pelo" significa burlarse de una persona, haciéndole creer, por ejemplo, que es verdad algo que, en realidad, no lo es.

(14) **Estaba mareado:** sufrir "un mareo" (sensación de vértigo e inestabilidad en la cabeza y malestar en el estómago que puede llegar a provocar ganas de vomitar y pérdida del equilibrio).

(15) **El otro barrio:** de forma coloquial, "irse al otro barrio" significa morir.

12. Empapado

Lo que más me dolía era ver a mi hija **entre rejas** (1). Para un padre, ver a su propia hija en prisión es muy doloroso.

Ellos, los jueces, la policía, los abogados y los médicos lo llaman, eufemísticamente, "Centro de Desintoxicación y Rehabilitación para Captados por Sectas", pero, en realidad, no es más que una cárcel donde la cursi de mi hija tendrá que pasar los próximos años, hasta que los psiquiatras y los psicólogos que la cuidan decidan que se ha curado y que puede incorporarse de nuevo a la sociedad.

Lo que yo no acababa de entender, incluso después del juicio, era por qué todos los miembros de la secta, mi hija incluida, repetían tan a menudo, como si fuera un mantra, esa frase de "el amor triunfa siempre". Yo no veía el amor por ningún lado.

—¿Dónde está el amor en matar a alguien a golpes de martillo? —le grité a la mosquita muerta a las puertas de los Juzgados, el mismo día que terminó el juicio y salió a la calle libre por primera vez después de haber pasado cuatro meses **a la sombra** (2).

Durante el proceso se habían desestimado todos los cargos en contra de ella y el juez, finalmente, había ordenado a la policía que abriera las puertas del calabozo y la dejara en libertad. Ella fue la única entre todos los acusados que resultó absuelta.

El último día del juicio, en lugar de irme a casa como hicieron todos, yo me quedé fuera, enfrente de los Juzgados, esperándola.

Estaba lloviendo a mares y yo no llevaba paraguas. No me importaba, me daba igual mojarme.

Me refugié en uno de los **portales** (3) de la plaza, pero sin perder de vista el edificio. Sabía que, más tarde o más temprano, la mosquita muerta acabaría apareciendo por una de aquellas puertas giratorias por las que no cesaba de entrar y salir gente.

Estaba dispuesto a esperar lo que hiciera falta. Yo necesitaba hablar con ella y no me iba a mover de allí hasta que la tía no saliera.

Tuve que esperar un buen rato, pero al final... ¡Bingo! Mi vecina de arriba apareció finalmente por una de las puertas laterales del edificio de los Juzgados.

Al principio no me di cuenta de que era ella. Los cuatro meses a la sombra le habían sentado fatal. Había adelgazado un montón y estaba blanca como la leche. Por eso tardé un poco en reconocerla.

Había algo que, sin embargo, no había cambiado: tenía la misma cara de siempre de no haber roto nunca un plato.

Me quedé observándola unos instantes. Vi que antes de poner un pie en la calle, **se detenía en seco** (4) y extendía una mano hacia fuera para comprobar si realmente estaba lloviendo. Entonces, abrió el bolso y sacó un paraguas de color rojo.

Mientras la mosquita muerta abría el paraguas, yo salí del portal donde me había refugiado y empecé a cruzar la plaza en dirección hacia ella.

Cuando estaba más cerca, me di cuenta de que la tía tenía cara de pocos amigos y pensé que seguramente no querría saber nada de mí. No me importaba, me daba igual si tenía ganas de verme o no. Yo necesitaba hablarle y **decirle cuatro cosas** (5).

—¿Dónde está el amor en matar a alguien a martillazos? —volví a gritarle, al llegar a su altura.

Ella alzó la cabeza, me miró con los ojos abiertos de par en par, como si acabara de ver un fantasma y dio unos pasos hacia atrás. Parecía asustada. No me había visto llegar hasta el último momento y se llevó un susto de muerte cuando me vio **plantado** (6) delante de ella.

—La guerra es paz, la libertad es esclavitud, la ignorancia es poder… —me dijo, mientras seguía, nerviosamente, intentando abrir el paraguas.

Me sonaban esas frases. Estaba seguro de que las había leído alguna vez en algún libro, pero no caía en cuál.

—¡Y el odio es amor! —añadió finalmente, al mismo tiempo que terminaba de abrir el paraguas.

Yo la miré confundido. No acababa de entender lo que quería decir.

—¿Y eso qué significa? —le pregunté de malos modos. Nunca me han caído bien las personas enigmáticas que no hablan claro.

La mosquita muerta se encogió de hombros.

—Hablaban del amor a Satán, no a Dios ni a los hombres. Hacían el mal por amor al Diablo.

Me lo dijo en voz baja, susurrando, casi sin mirarme. Luego echó a andar deprisa, alejándose de mí. Deduje que mi presencia la ponía nerviosa o que no quería cuentas conmigo. Probablemente las dos cosas al mismo tiempo.

Yo también estaba nervioso. Era la primera vez que hablaba con mi vecina de arriba, desde aquella noche de pesadilla en la que ella me había salvado de morir a manos de aquellos locos endemoniados. Ya había pasado casi un año de aquello.

La vi alejarse, caminando a paso ligero por **la acera** (7), protegiéndose de la lluvia bajo su pequeño paraguas rojo. Iba deprisa, con los ojos clavados en el suelo, como si escapara de alguien. Probablemente de mí.

Me sorprendió ser el único que estaba allí para recibirla el primer día de su puesta en libertad. ¿No tenía familia? ¿No tenía ningún amigo con ganas de abrazarla o de besarla? ¿Nadie la echaba de menos?

"Debe de estar tan sola como yo", me dije, **echándome a caminar** (8) detrás de ella, pegado a la pared para no mojarme demasiado e intentando no perderla de vista.

Sin pararse, caminando siempre **a paso ligero** (9), de vez en cuando alzaba la cabeza y miraba de reojo a su alrededor, como si temiera ser reconocida. Probablemente tenía miedo de que algún reportero de algún periódico sensacionalista diera con ella.

Durante varias semanas no se había hablado de otra cosa en la ciudad y su foto, como las fotos de todos los miembros de la secta, había llenado las portadas de muchos diarios y los informativos de muchas televisiones.

La seguí un buen rato por las calles desiertas y los callejones estrechos del casco antiguo. Intentaba protegerme de la lluvia caminando bajo los balcones de las casas, pero la verdad es que llovía a cántaros y **me estaba empapando hasta los huesos** (10).

Cada dos por tres (11), la mosquita muerta **doblaba una esquina** (12) y se metía por una calle aún más estrecha y más solitaria que la anterior. Probablemente quería despistarme en el laberinto de **callejuelas y callejones** (13) del casco antiguo de la ciudad, pero no tenía ninguna posibilidad. Yo había vivido en aquel barrio de niño y lo conocía como la palma de la mano.

El problema era que la tía caminaba tan deprisa que me costaba mantener su paso. Yo iba con la lengua fuera y a veces me faltaba la respiración, pero continuaba caminando detrás de ella. No podía pararme a descansar. No quería perderla de vista. ¡Había tantas cosas que necesitaba saber! Había tantas preguntas que quería hacerle, que no podía dejarla escapar.

Yo conocía los hechos. Durante el juicio había quedado claro que el presidente de la comunidad de vecinos era, en realidad, el líder supremo de una secta de carácter satánico que había persuadido a sus seguidores de que el Anticristo solo podría nacer del vientre de una mujer maligna, de una adoradora de La Bestia. Por eso, dentro del grupo se fomentaba la fornicación y el intercambio libre de parejas sexuales entre los miembros.

Fue solo durante el juicio que caí en la cuenta de que la mayoría de los ruidos que yo escuchaba por las noches provenientes de otros pisos, y que yo atribuía inocentemente a problemas de gases o de próstata de algunos de mis vecinos, eran, en realidad, orgías satánicas y **misas negras** (14) que los miembros de la secta celebraban en honor de Satanás.

La verdad es que hubiera dado cualquier cosa por ser miembro de la secta…

¡Ja, ja, ja!

Estoy bromeando, por supuesto. Solo intento tomarle el pelo, querido lector.

En realidad, se me pone la carne de gallina y se me entristece el corazón solo de pensar en los actos depravados a los que se dedicaban mis degenerados vecinos, mientras yo me pasaba las noches leyendo las emocionantes aventuras de Hercules Poirot y Miss Marple.

Esos eran los hechos, ese era **el qué** (15); pero los hechos a mí no me bastaban. Yo necesitaba entender **el porqué** (16).

Lo que no lograba comprender era cómo tan solo un hombre, un hombre solo, había podido convencer a tanta gente para formar parte de su secta, creer ciegamente en él y cumplir sus órdenes sin rechistar, sin protestar, llegando incluso a cometer crímenes en el nombre del amor… ¡Qué locura!

—¿Cómo es posible que un hombre, un loco, un demente, llegara a dominar a tantas personas él solo? —le grité a la mosquita muerta, mientras caminaba deprisa detrás de ella, con los calcetines y los pies mojados. Llovía tanto que el agua me estaba entrando en los zapatos.

Quienquiera que hubiera visto la escena, seguramente habría pensado que yo era **un viejo verde** (17) que iba por la calle **acosando** (18) a una mujer que podría ser su hija.

—¿Cómo es posible que un hombre solo pudiera hacer creer a tantas personas que el odio era amor y convencerlas para que hicieran cosas tan horribles? —le grité otra vez, alzando aún más la voz.

Pensaba que con el ruido de la lluvia no me había oído, pero, de repente, la mosquita muerta se paró en seco y se volvió hacia mí.

—Debería usted leer más historia. ¿Cree que es la primera vez que pasa algo así? La historia de la humanidad está llena de **chalados** (19) que convencen a otros chalados de hacer cualquier **chaladura** (20) que a ellos se les ocurra —me dijo, mirándome fríamente a los ojos.

Mi vecina sabía de lo que estaba hablando. Había estado casi dos años infiltrada dentro de la secta y conocía muy bien cómo funcionaba el grupo por dentro.

¿Quién mejor que ella para ayudarme a entender lo que había pasado? Si quería salvar a mi hija, tenía que entender los mecanismos psicológicos que usaban las sectas para **lavar el cerebro** (21) y dominar a sus miembros.

La mosquita muerta se dio media vuelta y siguió caminando deprisa, de nuevo alejándose de mí a paso ligero.

Yo intentaba no quedarme demasiado atrás, pero me costaba seguir su paso. A mi edad, yo ya no estaba para esos trotes.

—¡Te invito a un café! —le volví a gritar entre la lluvia.

Ella, para mi sorpresa, se paró otra vez y se giró hacia mí de nuevo.

Me observó en silencio unos instantes, mirándome de arriba abajo sin decir nada.

—Conozco una cafetería por aquí cerca que no está mal. Podremos hablar **a nuestras anchas** (22) —me dijo finalmente, sonriendo por primera vez debajo de su paraguas rojo.

Supuse que su cambio de actitud se debía a que, al ver que estaba empapado e iba con la lengua fuera, cayó en la cuenta de que yo no era más que un viejo inofensivo y **se apiadó de mí** (23).

Entramos a refugiarnos en una cafetería cercana. Pedimos un par de cafés en la barra y buscamos una mesa en un lugar apartado y cálido donde pudiéramos hablar tranquilos.

Yo quería que me lo contase todo. Necesitaba entender por qué mi hija y su marido habían acabado en **las garras** (24) de aquellos chiflados peligrosos.

—El presidente de la comunidad era un hombre con mucho carisma. Tenía un gran poder de seducción —me dijo mi vecina de arriba, mientras esperábamos que el camarero nos trajese los cafés que habíamos pedido. Para ella, solo; para mí, cortado.

Yo recordé las reuniones de la comunidad de vecinos a las que solía asistir. El presidente nunca me llamó la atención por ser un tipo particularmente guapo ni atractivo.

—No era guapo físicamente, pero muchas personas, tanto hombres como mujeres, lo encontraban fascinante —me dijo ella, leyendo mis pensamientos.

—¿En serio? —A mí me costaba creerlo—. Como presidente de la comunidad de vecinos, siempre me pareció un tipo bastante mediocre.

—En apariencia, visto desde fuera... —empezó a explicarme la mosquita muerta.

De reojo vi que el camarero se acercaba hacia nosotros y me llevé un dedo a los labios para indicarle que se callara y que **guardara silencio** (25) unos instantes.

—¡Shhhhhhhhhh! —le dije, bajando la voz para que solo ella me oyera.

El camarero nos trajo nuestros cafés y los puso sobre la mesa. Le dimos las gracias y cuando nos quedamos solos de nuevo, mi vecina de arriba continuó donde se había quedado.

—En apariencia, visto desde fuera, podría parecer un hombre insignificante, sin ningún atractivo; sin embargo, era capaz de ejercer una gran influencia sobre un cierto tipo de personas.

Hablaba en voz baja, casi susurrando, mirando nerviosamente a su alrededor. Supuse que tenía miedo de que alguien la reconociera o que tal vez no quería que la viesen hablando conmigo.

—¿Por ejemplo? —le pregunté yo—. ¿Qué tipo de personas?

—Buscaba siempre gente vulnerable. Personas muy inestables emocionalmente, gente que hubiera sufrido algún trauma psicológico o que estuviera atravesando un mal momento en su vida y no pudiera pensar con claridad.

—Como mi yerno... —dije yo, pensando en voz alta.

Damián, el marido de mi hija, había perdido a sus padres en un "accidente" de tráfico cuando él aún era un adolescente. Supuse que eso explicaba cómo había terminado en la secta.

—Exacto, como su yerno, sí, que, de paso, arrastró a su hija. Supongo que ella también estaba pasando por un mal momento y era una persona vulnerable, una víctima fácil.

La mosquita muerta tenia razón. Siempre **había dado por descontado** (26) que Cristina llevaba bien que su madre y yo nos hubiéramos divorciado. Estaba demasiado obsesionado con mi propio dolor y me olvidé de que quizás ella también lo estaba pasando mal.

—Si busca usted en la vida de cada uno de los miembros de la secta —continuó mi vecina de arriba—, descubrirá algún evento traumático que los hacía frágiles mentalmente y los convertía en víctimas propicias para ser captadas.

—Como tu marido... —añadí yo.

—Sí, también como mi marido —me dijo ella, apartando la vista con tristeza.

—¿Qué pasó? —le pregunté.

La mosquita muerta se echó a llorar y yo me arrepentí enseguida de haberle hecho aquella pregunta.

Luego me contó, entre lágrimas, que su marido había caído en una fuerte depresión tras la muerte de su hijo pequeño. No me dio más detalles sobre lo que había sucedido y yo tampoco quise insistir.

Estaba claro que era un tema muy doloroso del que ella no quería hablar.

Me sorprendía que aquella mujer, en apariencia tan frágil y vulnerable, tuviera en realidad tanta fortaleza interior y fuese tan valiente.

—¿Cómo decidiste infiltrarte en la secta? ¿No tenías miedo de que un día descubrieran que los estabas espiando, que estabas intentando acabar con ellos desde dentro?

—Tuve miedo cada hora, cada minuto y cada segundo de cada día. Sabía que si me descubrían nos matarían a los dos, pero amaba a mi marido y estaba decidida a sacarlo de ahí.

—Entiendo... Fue el amor lo que te llevó a hacerte pasar por una captada durante casi dos años, fingir que estabas de acuerdo con ellos para, al final, destruirlos.

—¡El amor triunfa siempre! —me dijo ella, al mismo tiempo que me sonreía maliciosamente. Luego me guiñó un ojo con picardía, como si fuera una niña **traviesa** (27) satisfecha de haberse **zampado** (28) todas las magdalenas y todas las galletas de chocolate que su madre acababa de sacar del horno.

Al salir de la cafetería, tenía la impresión de que mi vecina de arriba, la que yo había considerado siempre como una mosquita muerta, tenía en realidad dos caras. Era una especie de versión moderna de Dr. Jekyll and Mr. Hyde.

Normalmente mostraba una carita inocente de niña buena, como si no hubiera roto nunca un plato; pero, a veces, de repente, le salía una parte oculta, escondida, y se le ponía cara de niña traviesa, de niña mala.

Cuando llegamos a la calle, ya había parado de llover y decidimos volver a casa juntos, dando un paseo. Al fin y al cabo, éramos vecinos del mismo bloque. Ella vivía en el cuarto izquierda y yo, justo debajo, en el tercero izquierda.

Por el camino empecé a estornudar (¡Achís! ¡Achís!), a toser (¡Cof, cof, cof!) y a sentir escalofríos por todo el cuerpo.

—Se le ha puesto muy mala cara. Me parece que tiene usted fiebre —me dijo la mosquita muerta, poniéndome la mano en la frente—. Seguramente ha cogido un resfriado o algo peor. Ahora mismo se viene usted a mi casa y se mete en la cama con un vaso de leche caliente y una aspirina. Mañana estará como nuevo.

La mosquita muerta tenía razón. Yo me sentía fatal.

Sin embargo, lo que más me preocupaba en aquel momento no era ponerme enfermo.

Mientras caminábamos por la acera, uno al lado del otro, yo solamente tenía una pregunta que me daba vueltas en la cabeza: "¿Me puedo fiar de ella?"

Vocabulario 12

(1) **Entre rejas:** en la cárcel.

(2) **A la sombra:** en la cárcel.

(3) **Portales:** el portal es la zona principal por la que se entra a un edificio.

(4) (Se detenía) **en seco**: de repente.

(5) **Decirle cuatro cosas** (a alguien): hablar con total sinceridad, decir lo que se piensa realmente (a veces de forma un poco agresiva y maleducada).

(6) (Estar) **plantado**: en este contexto, estar situado en un lugar sin moverse, como una planta.

(7) **La acera:** parte de la calle por donde pasan los peatones.

(8) "**Echándome a caminar**": empezando a caminar. Se puede usar la estructura "echarse a (+ infinitivo) con algunos verbos que implican algún tipo de movimiento (correr, andar, llorar, reír, dormir, volar, etc.)

(9) (Caminar) **a paso** ligero: caminar deprisa.

(10) (Me estaba) **empapando hasta los huesos**: me estaba mojando completamente.

(11) **Cada dos por tres:** a menudo, con frecuencia.

(12) **Doblar una esquina:** girar (a la derecha o a la izquierda) y entrar en una calle diferente.

(13) **Callejuelas y callejones:** calles estrechas (los callejones son aún más estrechos que las callejuelas).

(14) **Misas negras:** la "misa negra" es una ceremonia en la que se adora a Satanás y que consiste en una parodia de la misa cristiana.

(15) **El qué:** los hechos.

(16) **El porqué:** la causa o el motivo que explica los hechos.

(17) **Un viejo verde:** forma despectiva de referirse un hombre mayor al que le gustan los temas relacionados con el sexo y/o molesta o acosa a personas mucho más jóvenes con fines sexuales.

(18) **Acosando (acosar):** insistir repetidamente en hacer algo que molesta o daña a otra persona.

(19) **Chalados:** locos, chiflados.

(20) **Chaladura:** locura, chifladura.

(21) **Lavar el cerebro:** cambiar las creencias y el comportamiento de una persona, usando algún método de control psicológico.

(22) **A nuestras anchas:** cómodamente (a mis anchas, a tus anchas, a sus anchas, etc.)

(23) **Se apiadó de mí:** tuvo pena de mí.

(24) **Las garras:** manos o pies de algunos animales (león, águila, etc.) con uñas fuertes y agudas que usan para cazar.

(25) **Guardar silencio:** estar en silencio, no decir nada por algún tiempo.

(26) **Siempre había dado por descontado:** "dar algo por descontado" es pensar que se trata de algo obvio.

(27) (Una niña) **traviesa:** la palabra "travieso" o "traviesa" se usa normalmente para describir a un niño o a una niña que hace cosas que no debería hacer (travesuras).

(28) (Haberse) **zampado:** el verbo "zamparse" significa comer en gran cantidad y de forma muy rápida.

13. Lentejas

Los siguientes días los pasé en la cama de mi vecina de arriba, sintiendo que la cabeza me iba a estallar en mil pedazos de un momento a otro, medio inconsciente y tiritando de frío por la fiebre. **¡La había cogido buena** (1)!

Ella, la mosquita muerta, entraba de vez en cuando en el dormitorio, y, moviéndose con cuidado para no hacer ruido, me ponía la mano en la frente, leía el termómetro, rehacía la cama, me cubría bien con el **edredón** (2) y me traía leche caliente con una aspirina, lo único que mi estómago aceptaba sin protestar demasiado.

Al tercer día, como Jesucristo, "resucité" y finalmente me levanté. Pero solo tuve fuerzas para llegar al salón y echarme de nuevo en el sofá, todavía caliente del cuerpo de mi vecina. Era en aquel sofá que la mosquita muerta había dormido las últimas dos noches, mientras yo ocupaba su cama.

—¿A quién se le ocurre ir así por la calle, lloviendo y sin paraguas? —me regañó la mosquita muerta, mientras me cubría con el edredón—. ¡Ha pillado usted un resfriado **del demonio** (3)!

Me quedé mirándola. No sabía si estaba tratando de ser irónica o lo había dicho sin pensar, de forma totalmente inocente.

—Voy a la cocina a prepararle una sopa de pollo y verduras —me dijo sonriendo, antes de dar media vuelta y desaparecer del salón, dejándome allí acostado—. Necesita tomar algo que le caliente el estómago.

Al rato volvió y se sentó a mi lado en el sofá, con **un tazón humeante** (4) en una mano y una cuchara en la otra.

—¡Abra la boca! —me ordenó, poniéndome la cuchara llena de sopa en los labios.

Me incorporé apoyándome en **los codos** (5) y la dejé meterme la cuchara en la boca. Sentir la sopa caliente en el estómago me hizo bien.

—Me imagino que lo peor de todo tuvo que ser "asesinar" a Mario mientras dormía, ¿no? —le pregunté de repente, mirándola directamente. Sabía que mi pregunta **no venía a cuento** (6) en aquel momento, pero quería ver cómo reaccionaba y qué cara ponía.

—¡Qué va! —exclamó ella, abriendo mucho los ojos. Mi pregunta la había pillado totalmente por sorpresa. Luego, como si acabara de recordar algo ya olvidado, se echó a reír—. ¡Ja, ja, ja! ¡En realidad ese fue uno de los momentos más divertidos!

—¿Divertido? ¿Qué tiene de divertido planear el asesinato de una persona? —le pregunté yo. Supongo que a mí también se me pusieron los ojos como platos.

La mosquita muerta me metió de nuevo la cuchara con sopa entre los labios.

—¡Abra la boca!

Así estuvimos un rato. Ella me iba dando la sopa y yo la escuchaba, abriendo la boca de vez en cuando para dejar pasar la cuchara, pero sin dejar de prestar atención a todo lo que decía.

Me contó que el presidente de la Comunidad y su hijo se pusieron muy nerviosos cuando descubrieron que Mario no era en realidad un taxista, sino un periodista **encubierto** (7).

Mario estaba especializado en sectas destructivas y **se había hecho pasar por un vecino** (8) del bloque para investigar de cerca la muerte de los padres de Damián. Al parecer llevaba varios años siguiendo los pasos del presidente de la comunidad y sospechaba que los padres de mi yerno no murieron en un accidente, sino que fueron asesinados porque estaban intentando abandonar la secta.

El castigo para los apóstatas era la muerte.

—Cuando el líder de la secta, el presidente de la comunidad, **se enteró** (9) de quién era el nuevo inquilino del tercero derecha —me explicó la mosquita muerta—, convenció a todos de que **no tenían más remedio** que (10) quitárselo de encima para impedir que continuara investigando.

Más tarde me contó que, en cuanto ella supo de los planes de los vecinos, fue corriendo a avisar a Mario, el periodista encubierto, para que escapase de allí antes de que fuera demasiado tarde.

—Pero en lugar de escapar —continuó mi vecinita de arriba—, Mario me dijo que aquella era una ocasión única para desmantelar el grupo de una vez por todas y me propuso un plan para...

—¡Para simular su propio asesinato! —me adelanté yo, abriendo de nuevo la boca para dejar pasar la cuchara.

—¡Exacto! —me dijo ella, sonriendo de oreja a oreja con su carita de niña mala.

Pero no actuaron solos. Mario y la mosquita muerta se pusieron en contacto con la pasma. Al parecer, él conocía a un par de maderos que les podían echar una mano.

—Sin la ayuda de la policía, hubiera sido imposible llevar a cabo nuestro plan —me aclaró ella—. Los maderos tenían que fingir que estaban investigando el crimen.

La idea era que la mosquita muerta entrase sola una noche en el tercero derecha, el piso del falso taxista, con la llave maestra que usaba Gustavo para abrir todas las puertas del edificio.

—Vale, pero... ¿Cómo te las arreglaste para que te dejaran actuar sola? —le pregunté yo.

—Les convencí de que si venían conmigo haríamos demasiado ruido y usted, que vivía al lado, se daría cuenta de todo.

—¿Yo?

—Sí, usted —me dijo mi vecinita de arriba, guiñándome un ojo como si acabara de confesar otra de sus travesuras—. Su hija y su yerno nos habían avisado de que los ronquidos de su vecino no lo dejaban dormir y que se pasaba usted las noches **en vela** (11), atento a cualquier ruido proveniente de otros pisos del bloque. Su insomnio era una excusa perfecta para que los miembros de la secta me dejaran "matar" a Mario a mí sola.

—Eso explica lo de los auriculares con cancelación de ruido —dije yo, recordando el regalo de cumpleaños que me había hecho mi hija **por adelantado** (12).

—¡Fue idea mía! Tenía miedo de que la noche del crimen usted oyera ruidos extraños en el piso de su vecino y **nos chafara el plan** (13) a Mario y a mí dando la voz de alarma. Ya se habrá dado cuenta usted de que las paredes de este edificio parecen de papel.

—¡Qué me vas a contar! —exclamé yo, recordando las sesiones de sexo salvaje entre ella y su marido que yo había escuchado durante meses a través del techo de mi cocina. Naturalmente, por educación, me mordí la lengua y no le dije nada.

A fuerza de leche y sopa caliente, poco a poco me fui poniendo mejor y al cabo de un par de días ya me encontraba totalmente repuesto.

Ya de vuelta en mi piso, volví a mi aburrida rutina diaria: levantarme tarde, leer novelas policiacas, comer cualquier plato precocinado y, por la tarde, un cafecito en el bar de la esquina mientras perdía al ajedrez con mi amigo Carlos.

Una mañana temprano, a eso de las diez, llamaron a la puerta con los nudillos. Antes de abrir, yo ya sabía quién era.

—¡El timbre no funciona! —me dijo ella nada más entrar, al mismo tiempo que me guiñaba un ojo.

—Lo sé. Lleva roto desde el año catapún —le contesté yo.

No me había dado cuenta de cuánto la echaba de menos hasta que la vi allí plantada delante de mí, sonriéndome con su carita de niña traviesa.

—Perdone que me presente así, sin avisar, pero es que cuando he abierto las ventanas esta mañana y he visto que hacía un día tan bueno, me han dado muchas ganas de ir a dar un paseo por el parque. ¿No le apetece venir a dar una vuelta conmigo?

—Mmmm, déjame pensar... Mmmm, no sé, no sé... Quizás te pueda encontrar un hueco en mi apretada agenda... —Ahora fui yo el que le guiñó un ojo a ella.

Al cabo de un rato estábamos los dos paseando juntos por el parque, contemplando divertidos a los perros que corrían felices por la hierba.

—No hay nada que me dé más alegría que un perro persiguiendo una pelota —me dijo riendo la mosquita muerta, con su carita de niña inocente.

Cansados de caminar, nos acercamos a un quiosco y nos compramos un helado, el suyo de fresa, el mío de chocolate, y nos sentamos en un banco a comérnoslo.

No recordaba cuándo fue la última vez que me había comido un helado. Quizás cuando Cristina era todavía pequeñita y la llevaba al parque todos los domingos para que aprendiese a montar en bicicleta. Después de caerse tres o cuatro veces de la bici, no había mejor forma de sacarle una sonrisa a la niña que llevarla a comerse un helado.

¡Quién pudiera volver a aquellos años! Éramos felices los tres juntos y no lo sabíamos.

Me preguntaba qué había pasado después, por qué empezó a **torcerse** (14) todo, en qué me había equivocado... Lo había hecho todo fatal. Había fracasado como padre y como marido.

La mosquita muerta seguía hablando a mi lado. Yo la oía, pero no la escuchaba. Estaba en las nubes, dándole vueltas a todo lo que había pasado y pensando en cómo se habían ido encadenando las cosas, una tras otra, hasta acabar con mi hija en la cárcel.

Había **algo que no encajaba en la historia** (15) que me había contado mi vecina de arriba.

El plan que Mario y ella habían tramado me parecía bastante arriesgado y complicado de realizar, pero tenia que admitir que era **factible** (16).

Lo que, sin embargo, yo no acababa de entender era por qué los miembros de la secta la habían elegido a ella, una mujer de apariencia tan frágil, para quitarse de en medio, a martillazos, al periodista infiltrado.

—¿Por qué tú? —le pregunté yo de repente y sin venir a cuento.

Ella, que en ese momento me estaba hablando de cuáles eran sus helados favoritos de niña, se me quedó mirando con los ojos como platos. Se acababa de dar cuenta de que yo llevaba un rato muy lejos de allí, sin hacer caso de lo que me estaba diciendo, pensando en otras cosas.

—Disculpa —le dije—. No quiero parecer maleducado, pero es que no me lo puedo quitar de la cabeza. En tu historia todavía hay muchos cabos sueltos... —me justifiqué yo.

—No me eligieron a mí para llevar a cabo el asesinato. ¡Yo me ofrecí voluntaria para hacerlo! —me contestó ella, poniéndose en pie de pronto y echando a caminar de nuevo.

—¿Cómo? —grité yo sorprendido, echando a caminar detrás de ella. No estaba seguro de haberla oído bien.

—¡Sí, claro! ¿No lo entiende usted? —exclamó la mosquita muerta, con una sonrisa forzada que intentaba ocultar su enfado.

Supuse que estaba harta de mis preguntas.

Pero a mí me daba igual si se enfadaba conmigo por hacerle tantas preguntas. Yo necesitaba comprenderlo todo.

—No, yo no lo entiendo. Ni creo que lo entendiera nadie en mi lugar —le dije.

—¡Escuche, escuche! —me gritó ella, volviendo sobre sus pasos hacia donde yo estaba para **encararse** (17) conmigo. Por la expresión de su rostro y por su tono de voz, supe que estaba a punto de perder la paciencia—. ¡Tuve que convencerlos de que yo era la persona más adecuada para acabar con la vida del periodista! Me costó que me hicieran caso porque, como usted, todos pensaban que yo era una mujer muy débil y frágil, pero... Aquí donde me ve, Juan, yo de joven fui campeona de España de lucha libre, cinturón negro de Kung-Fu y medalla de bronce de Karate en las olimpiadas del 2000, en Australia.

—¿Tú? ¿Campeona de lucha libre? ¿Cinturón negro de Kung-Fu? ¿Medalla de bronce en Karate? —Cuando me dijo aquello, me eché a reír. Pensaba que era una broma y que intentaba tomarme el pelo

—: ¡Ja, ja, ja!

Ella, sin decir nada, simplemente se acercó hacia mí, me puso la mano derecha en un hombro, la mano izquierda detrás del cuello y antes de que tuviera tiempo de reaccionar me tiró al suelo con **una llave** (18) que yo solo había visto en las películas de Bruce Lee.

—¡Vaya con la mosquita muerta! —exclamé humillado desde el suelo.

—¿Convencido? —me preguntó ella—. Si necesita usted más pruebas, podemos continuar...

—¡No, gracias! ¡No hace falta! —le contesté yo, poniéndome en pie y sacudiéndome el polvo de la ropa con la mano—. Ya he tenido suficiente.

Quienquiera que hubiera visto la escena, seguramente habría pensado que una mujer acababa de enseñarle una lección a un viejo verde que la acosaba en el parque.

—¡Estoy harta de que nadie me tome en serio! ¡No hay que juzgar un libro por la cubierta, amigo!

La tía tenia razón. Me había dado una buena lección. No hay que fiarse nunca de las apariencias.

—Les dije que, si el tipo se despertaba, yo podía deshacerme de él sin dificultad a fuerza de llaves de Kung-Fu y golpes maestros de Karate. Como usted, al principio ellos también se burlaron de mí. No me veían lo bastante fuerte como para liarme a martillazos con un tío, aunque estuviera durmiendo. Mucho menos si el tío se despertaba. Tuve que convencerlos del mismo modo que lo he convencido a usted.

—Entiendo —le dije yo, tocándome el trasero. Al caer, había chocado con el culo en el suelo y ahora me empezaba a doler.

La idea era que, una vez dentro del piso, la mosquita muerta iría al dormitorio donde dormía el periodista infiltrado y se liaría a golpes de martillo con él hasta acabar con su vida. En caso de que el tipo se despertase, ella sabría como quitárselo de encima con cualquier llave de Karate o de Kung-Fu.

—Y eso fue lo que hice o, mejor dicho, lo que fingí hacer...

—En realidad, Mario y tú estabais de acuerdo en todo, ¿no?

—¡Exacto! —me dijo ella, con una gran sonrisa pícara en los labios.

Continuamos un rato paseando en silencio por el parque, uno al lado del otro.

Estábamos cruzando un pequeño puente que atraviesa el lago central del parque, cuando, de repente, se escuchó un ruido.

¡Rowr! ¡Rowr! ¡Rowr!

Al rato, otra vez.

¡Rowr! ¡Rowr! ¡Rowr!

Y un poco más tarde, de nuevo.

¡Rowr! ¡Rowr! ¡Rowr!

—¿Eso que suena es su estómago? —me preguntó ella, echándose a reír.

—¡Me temo que sí! —dije yo, poniéndome rojo como un tomate. Siempre me han dado mucha vergüenza los sonidos del cuerpo, especialmente si los emito yo.

¡Rowr! ¡Rowr! ¡Rowr!

—Parece que tiene usted hambre, ¿no? ¡Ja, ja, ja! —La mosquita muerta volvió a echarse a reír y yo me puse aún más rojo—. Yo hago unas lentejas para chuparse los dedos, pero...

—¿Pero...? —le pregunté yo con curiosidad. La verdad es que hacía mucho que no comía unas buenas lentejas y se me estaba haciendo la boca agua—. ¿Pero qué...?

—Pero no sé si invitarle a comer a mi casa. Tengo la impresión de que no se fía de mí del todo, que le doy un poco de miedo, ¿no? A lo mejor piensa usted que le voy a echar veneno a las lentejas...

Hablaba distraídamente, sin mirarme, siguiendo con la vista un perro que perseguía alegre una pelota azul que su dueño le había lanzado.

Yo me paré en seco y la miré directamente a los ojos. Ella también se paró y me devolvió la mirada.

Nos quedamos así unos instantes, mirándonos en silencio.

Sentía sus ojos clavados en los míos. Me miraba con la misma intensidad con la que me había mirado aquella noche de pesadilla en la oscuridad de su piso, mientras esperábamos asustados a que llegase la policía.

—Me encantaría probar esas lentejas, seguro que están riquísimas —le dije yo—. Pero solo con una condición. **Mejor dicho** (19), con dos condiciones.

—¿Qué condiciones? —me preguntó ella, mirándome con curiosidad.

—La primera es que dejes de llamarme de usted. Sé que soy bastante más mayor que tú, pero cada vez que dices "usted" me rompes el alma.

—**¡Ya era hora!** (20) —gritó contenta la mosquita muerta—. ¡Pensaba que no me lo ibas a pedir nunca! ¿Cuál es tu segunda condición, Juan?

—Que le eches chorizo a las lentejas.

—¡Trato hecho! —exclamó ella, sonriendo de oreja a oreja y alzando la mano derecha con los dedos extendidos—. ¡Choca esos cinco!

Choqué mi mano con la suya y de repente me sentí diez años más joven.

Un rato después, ya en su piso, pude comprobar que mi vecinita no había mentido: las lentejas le salían de muerte. Me dijo que ella las hacía cómo le había enseñado su madre, que era una excelente cocinera.

Me explicó la receta y me contó, incluso, que le ponía un ingrediente secreto, pero me temo que no recuerdo de qué se trataba.

Para ser sinceros, la verdad es que yo no estaba haciendo mucho caso a lo que me decía.

Estábamos en la cocina. Yo intentaba prestar atención a la conversación, pero lo único en lo que podía pensar era que, sobre aquella misma mesa en la que estábamos comiendo, ella y su marido habían hecho el amor cada mañana como dos fieras salvajes, como dos degenerados.

—¡Eh, despierta! —La escuché decir de repente—. A veces tengo la impresión de que cuando te hablo estás en las nubes. ¿Te aburres conmigo?

—¿Aburrirme? ¿Contigo? ¡Para nada! Me aburro jugando al ajedrez con Carlos, pero comiendo lentejas contigo no.

—¡Vamos al salón a tomar un café, anda! —dijo ella, poniéndose en pie—. ¿Cómo lo tomas?

—Sin azúcar y con un poquito de leche, por favor —le contesté yo, dando un suspiro de alivio. Me parecía una buena idea irnos al salón. La mesa de la cocina me hacía volar la imaginación y no me podía concentrar en la conversación.

Ya en el salón, sentados los dos en el sofá, ella en un extremo y yo en el otro, mi vecinita de arriba me contó que Mario, el periodista, el falso taxista, había conseguido varios litros de sangre de cerdo y que entre los dos empaparon con ella la almohada y las sábanas, así como las paredes y los muebles de la habitación.

Para hacerlo todo más convincente, ella misma se manchó de sangre la ropa, las manos y la cara.

Cuando todo el escenario estuvo listo, Mario se echó en la cama, roja de sangre, con el pijama también ensangrentado y los ojos cerrados, fingiendo estar muerto.

Finalmente, la mosquita muerta tomó varias fotos de "la escena del crimen" con su móvil y se las mandó enseguida al líder de la secta, con solo un mensaje escrito: "¡El amor triunfa siempre!".

No me dijo nada que yo ya no supiese. Todo esto había quedado ya aclarado en el juicio a los miembros de la secta, pero me gustaba oírlo de su propia voz.

—¡Lo de las fotos fue un toque maestro! —exclamé yo, con admiración sincera. Ni siquiera a Hercules Poirot se le habría ocurrido algo así. Me parecía un plan absolutamente maquiavélico.

—¡Sí, lo sé, fue genial! —exclamó ella, sonriendo orgullosa—. Yo la verdad es que incluso me lo pasé bien montando la escena del crimen, manchando la habitación de sangre, empapando la ropa de la cama, tomando las fotos... Era todo como en las películas.

Lo que pasó después, yo lo recordaba bien de sus declaraciones en el juicio. Mientras mi vecinita de arriba reunía a todos los miembros de la secta y les contaba que todo había salido como lo habían planeado, que ya no tenían que preocuparse por el periodista encubierto, Mario se escabullía fuera del edificio por la escalera de incendios.

—¿Y **se lo tragaron** (21)? ¿Se creyeron que lo habías matado tú sola?

—¡Por supuesto que se lo tragaron! ¡Totalmente! ¿Qué razón tenían para dudar? Al fin y al cabo habían visto las fotos con el cadáver ensangrentado, ¿no?

Lo que decía la mosquita muerta tenía sentido, pero yo seguía viendo un problema: recordaba que la policía había dicho a los vecinos que habían encontrado el cadáver varios días después de que fuese cometido "el crimen", tras recibir una llamada anónima alertando de un fuerte mal olor proveniente del piso del falso taxista.

—Supongo que esa llamada anónima nunca existió y que todo era parte del plan para hacer más creíble la historia —dije yo, pensando en voz alta.

—¡Exacto! Los contactos de Mario con la policía resultaron de mucha utilidad para que todo pareciera más realista —me confirmó ella.

Eso significaba, sin embargo, que durante varios días habían dejado vacío el piso del "crimen".

¿No era eso demasiado peligroso? A mí me parecía muy arriesgado dejar tanto tiempo el piso del falso crimen así, sin más. Cualquiera podría entrar en cualquier momento y descubrir que allí no había ningún muerto.

Si Gustavo, su padre o alguno de los vecinos caía en la cuenta de que, en realidad, ninguno de ellos había visto el cadáver de Mario, solo unas fotos, y decidía entrar en el piso, habría descubierto que todo era **un truco** (22), un engaño.

—Al principio, la idea era que la policía fingiese encontrar el cadáver aquella misma mañana, unas horas después del "asesinato", para evitar que nadie entrase en el piso y **descubriera el pastel** (23) —me explicó la mosquita muerta, viendo mi confusión.

—Es lo que yo hubiera hecho... —dije yo, pensativo.

—Pero al final cambiamos de idea —me aclaró ella—. Pensamos que sería demasiado sospechoso que la policía apareciera en el edificio a la mañana siguiente del "asesinato". Seguramente los vecinos habrían sospechado que allí **había gato encerrado** (24). Por eso decidimos dejar pasar unos días, para que todo fuese más convincente.

La mosquita muerta tenia razón. Si la policía aparecía en el edificio y descubría el cadáver demasiado pronto, los miembros de la secta habrían empezado a desconfiar. Estaban todos como una cabra, pero no eran imbéciles.

Sin embargo, por otro lado, dejar el piso del falso taxista vacío durante varios días era muy peligroso.

—Si a alguien se le ocurría entrar a **curiosear** (25) descubriría que todo era una burla —le dije yo—, que no había ningún cadáver, que la sangre era de cerdo y que tú y Mario erais cómplices. Probablemente vosotros también habríais acabado teniendo un "accidente", como los padres de Damián...

—Lo sabía, era consciente de ello —me dijo ella con calma—. Y te confieso que no dormí muy bien aquellos días. No podía pegar ojo pensando que, en cualquier momento, cualquiera de aquellos cabrones podía entrar en mi casa y molernos a golpes a mi marido y a mí.

—¿Cómo te las arreglaste para que ninguno de los vecinos entrara en el piso del "crimen" durante ese tiempo y descubriera que era todo un engaño, que en realidad les habías estado tomando el pelo todo el tiempo? —le pregunté.

—Simplemente **les metí miedo** (26) —me respondió—. Les advertí que si Gustavo o alguno de ellos entraba a **husmear** (27) en el piso del taxista antes de que llegara la policía, lo más probable es que dejara alguna huella o que cometiera algún estúpido error que acabaría con todos ellos en la cárcel.

Para asegurarse de que le hacían caso, la mosquita muerta los tranquilizó con otra mentira: que antes de abandonar el piso del periodista, ella misma ya había buscado y rebuscado por todas partes documentos o cualquier tipo de prueba que pudieran relacionar al líder de la secta con la muerte de los padres de Damián, pero no había encontrado nada.

En suma, que no tenían de qué preocuparse: el tipo, si había averiguado algo, no tenía ninguna prueba en contra de ellos.

—¿Se lo tragaron? —le pregunté.

—Se lo tragaron todo —me contestó ella, sonriendo de nuevo con esa carita de niña mala que se le ponía algunas veces y que a mí me gustaba tanto—. Sé mentir muy bien.

Vocabulario 13

(1) **¡La había cogido buena!** La expresión "cogerla buena" se usa para enfatizar que hemos cogido una gripe o un resfriado muy grande y nos hemos puesto muy enfermos.

(2) **Edredón:** cubierta que se pone sobre la cama para dar calor.

(3) **Del demonio:** muy fuerte, de gran intensidad.

(4) **Un tazón humeante:** una taza grande (un tazón) cuyo contenido (e.g. leche, sopa, etc.) desprende humo (humeante).

(5) **Los codos:** podemos describirlos como "las rodillas" de los brazos.

(6) **No venía a cuento:** la expresión "no venir a cuento" se dice cuando alguien dice o hace algo que no está relacionado con el tema de la conversación en ese momento.

(7) (Periodista) **encubierto:** oculto, que esconde su verdadera identidad.

(8) Se había hecho pasar por (un vecino): se usa la expresión "hacerse pasar por" cuando alguien finge ser algo que no es.

(9) Se enteró: el verbo "enterarse" significa tener conocimiento de algo (una noticia, una información, un hecho, etc.) por primera vez.

(10) No tenían más remedio que (quitárselo de encima): la expresión "no tener más remedio que (+ infinitivo) se usa para expresar la obligación o la necesidad de hacer algo.

(11) En vela: estar sin dormir (normalmente por la noche).

(12) Por adelantado: de forma anticipada, antes de tiempo.

(13) "Nos chafara el plan": el verbo "chafar" significa arruinar, estropear.

(14) Torcerse: cuando algo se tuerce, quiere decir que va mal; que va en la dirección equivocada.

(15) "Algo que **no encajaba** en la historia": algo que "no encaja" es algo que no tiene sentido o que no está lo suficientemente claro.

(16) Factible: que se puede hacer, que es posible llevarlo a cabo.

(17) **Encararse:** en este contexto, el verbo "encararse (con alguien)" significa mirar a otra persona directamente a la cara, a menudo de forma agresiva o amenazante.

(18) **Una llave:** en el contexto de las artes marciales, "una llave" es un movimiento para derribar o inmovilizar al contrario en una lucha.

(19) **Mejor dicho:** esta expresión se usa para corregir o matizar una información que acabamos de decir.

(20) **¡Ya era hora!** Se expresa que llevamos tiempo esperando que algo ocurra.

(21) **Se lo tragaron:** en este contexto, "tragarse" significa creerse algo que no es verdad, una mentira.

(22) **Un truco:** algo que parece real, pero que no lo es.

(23) **Descubriera el pastel:** en este contexto, "descubrir el pastel" significa darse cuenta de un engaño, descubrir que todo es un truco, algo falso.

(24) **Había gato encerrado:** se dice "aquí hay gato encerrado" cuando se sospecha que algo no es realmente lo que parece; cuando creemos que hay algo oculto.

(25) **Curiosear:** interesarse por lo que otras personas hacen en su vida privada, espiando lo que hacen, buscando entre sus objetos personales, etc.

(26) **Les metí miedo:** la expresión "meter miedo" se usa cuando algo o alguien causa miedo a otra persona de forma voluntaria, con intención de provocar miedo.

(27) **Husmear:** intentar averiguar algo haciendo preguntas a otras personas, espiando lo que hacen, buscando entre sus objetos personales, etc.

Epílogo

Llevo varios meses sin dormir por las noches. No puedo pegar ojo.

¿Qué es lo que me quita el sueño? ¿Estoy enfermo? ¿Estoy preocupado por algún problema? ¿Me siento culpable de algo?

Bueno, a mi edad es difícil no sentirse culpable por algo que se ha hecho o por algo que tal vez no se hizo. Pero ese es otro tema que ahora no viene a cuento.

Lo que pasa es que la mosquita muerta ronca como una cerda y no me deja dormir. Ese es el problema.

A menudo, en mitad de la noche, cuando estoy durmiendo profundamente, me despierta con sus ronquidos.

¡Romromromrrrrrrr!

¡Romromromrrrrrrr!

¡Romromromrrrrrrr!

A veces le doy un ligero golpe con **el codo** (1) en la espalda; entonces ella se da la vuelta en la cama y deja de roncar, pero luego, al poco rato, vuelve a empezar otra vez.

¡Romromromrrrrrrr!

¡Romromromrrrrrrr!

¡Romromromrrrrrrr!

¡Así no hay quien duerma!

¿Quién lo habría dicho? ¿Quién habría podido pensar que esa mujer de aspecto tan inocente, tan delicado, tan dulce y tan frágil fuese capaz de lanzar esos ronquidos tan brutales cuando duerme?

No quiero parecer exagerado, querido lector, pero es que cuando ella ronca a mi lado, tiemblan hasta las paredes de la habitación. ¡Ya sé que parece increíble, pero juro que es cierto!

Aunque no sé de qué me extraño. Al fin y al cabo, en este edificio las paredes son tan finas que parecen de papel.

De todas formas, cuesta imaginar que una mujer así, con esa pinta de mosquita muerta que tiene de día, pueda llegar a roncar tanto por la noche.

Al final, harto de dar vueltas en la cama, acabo por levantarme. Me voy al salón y me pongo a leer.

El problema es que ya no puedo leer novelas de detectives. Se han quedado todas en el piso de abajo, el piso donde vivía antes.

Si quisiera, podría bajar las escaleras y pedirle a Laura que me prestase alguna vieja historia de las suyas, quizás una novela de Montalbano o de Hercules Poirot, pero la verdad es que no me apetece nada ver a mi exmujer.

Cuando nos cruzamos en el portal o cuando nos encontramos en el ascensor, apenas hablamos. Los dos nos miramos de reojo y nos saludamos como dos desconocidos. Lo único que nos decimos es "hola" y "adiós". Nada más.

La tía parece estar siempre de un humor de perros. Me mira con cara de asco, como si me odiase con toda su alma, como si yo fuera un bicho repugnante.

Supongo que me echa la culpa a mí de todos sus problemas.

Pero yo no tengo la culpa de que su amante, el masajista del gimnasio, el que le había prometido amor eterno, la haya dejado por una tía más joven (y que probablemente esté mucho más buena que ella, me imagino).

Tampoco tengo la culpa de que el tío se haya quedado con la casa, con la que era nuestra casa, el hogar donde ella y yo vivimos tantos años juntos, tuvimos a nuestra hija y fuimos, de vez en cuando, moderadamente felices.

¿Qué culpa tengo yo de todo lo que le ha pasado en los últimos meses?

En el fondo, Laura debería estar contenta de que me haya mudado con la mosquita muerta y le haya dejado libre el piso de abajo, el piso de los padres de Damián.

Si yo todavía viviera allí, no sé dónde estaría ella ahora. Con la pensión tan modesta que le ha quedado, mi exmujer no se podría permitir un alquiler en el centro de la ciudad.

Ella se queja de que es un piso muy pequeño para que vivan tres personas, pero por lo menos no está sola. Sus nietos, mejor dicho, nuestros nietos, esos dos adolescentes insoportables y malcriados, le hacen compañía.

En fin, las vueltas que da la vida.

Un día, cuando todavía no estábamos juntos, la mosquita muerta me confesó que, antes de conocerme, yo le daba un poco de miedo; que tenía pinta de ser un viejo gruñón y cascarrabias, siempre de mal humor, siempre serio.

—Pensaba que yo te caía fatal —me dijo, mirándome con su carita de niña buena—. Por eso eché a correr cuando te vi a la salida de los Juzgados. ¡Me llevé un susto de muerte!

Yo, por mi parte, le confesé, con cierta turbación, que en privado yo la llamaba "la mosquita muerta".

Para mi sorpresa, la tía se echó a reír y me dijo que ya lo sabía; que desde su cocina nos escuchaba hablar a mi hija y a mí mientras comíamos los viernes al mediodía y sabía perfectamente lo que pensaba de ella, de su marido y del resto de vecinos del bloque.

—Las paredes son de papel, ¿recuerdas? —me dijo, guiñándome un ojo con complicidad. Y yo me puse rojo como un tomate, claro. No se me había ocurrido que, si yo la oía a ella, ella también podía oírme a mí.

Ahora que lo pienso, quizás debería empezar a llamarla por su nombre. Al fin y al cabo somos pareja y, además, creo que "Gloria" es un nombre que le va como anillo al dedo porque a su lado me siento en la gloria.

¡Qué horror! ¡Qué frase tan cursi acabo de **soltar** (2)! ¿Me estaré volviendo tan cursi como mi hija? ¡Espero que no!

Lo que sí es verdad es que desde que Gloria y yo estamos juntos me siento mejor. Ahora me siento más tranquilo, más en paz con el mundo. Me siento otro hombre.

Me ha cambiado incluso el humor. Ya ni siquiera me cae mal mi yerno. He terminado por comprender que, al fin y al cabo, él también es una víctima. En el fondo no es más que un pobre diablo, un desgraciado con mala suerte.

Tampoco puedo decir que soy "total y plenamente feliz". Quienquiera que diga que es total y plenamente feliz miente. No puedes ser total y plenamente feliz en esta vida, **a no ser que** (3) seas imbécil y no te des cuenta de todo el sufrimiento que hay a tu alrededor.

Lo que sí puedo decir es que soy discretamente, moderadamente, modestamente, más feliz que antes. Un poco más feliz que antes. Eso sí lo puedo decir.

Hace un par de días, incluso, me sorprendí a mí mismo cantando en la ducha. Ya ni recordaba cuando fue la última vez que había cantado en la ducha...

A veces, cuando Gloria y yo salimos del edificio cogidos de la mano, alzo la vista y veo a mi exmujer pegada a la ventana del tercero izquierda, observándonos caminar en dirección al parque.

Conociéndola, ya me imagino lo que pensará: que, para Gloria, yo soy una figura paterna; que una mujer joven que va con un viejo como yo, en realidad no busca ni un hombre ni un amante, sino un padre. A Laura siempre se le ha dado muy bien el psicoanálisis barato.

Me da igual lo que piense mi exmujer y **me importa un pimiento** (4) lo que pudiera decir el mismísimo Freud si estuviese vivo. No me interesa.

Tampoco me importa si Gloria ve en mí a un padre, a un abuelo o al obispo de Cuenca... Lo que le puedo asegurar, querido lector, es que yo a ella no la veo como a una hija.

Lo nuestro, sin embargo, no fue amor a primera vista. Me fui enamorando poco a poco, a fuego lento, a fuerza de verla todos los días o casi todos los días.

Las primeras veces que nos veíamos solíamos ir al parque y dar un paseo por la mañana o después de comer, cuando los insoportables niños del barrio estaban aún en la escuela y **los pesados papás** (5) todavía no habían vuelto de la oficina o estaban en casa haciendo las tareas domésticas. Era entonces que nosotros aprovechábamos para pasear un rato tranquilamente sin que nadie nos molestara.

Al principio quería ver a mi vecina de arriba más que nada por curiosidad, no por amor. Todavía me hacía muchas preguntas y estaba seguro de que solo ella conocía las respuestas.

—Pregúntame lo que quieras —me dijo un día de repente.

Estábamos sentados al aire libre, en una mesa del quiosco que hay en el parque. Hacía frío y ella abrazaba una taza de té con las dos manos para calentarse.

—Sospecho que todavía no te fías totalmente de mí —me dijo la mosquita muerta, mirándome fijamente a los ojos como si estuviera intentando leer mis pensamientos.

Yo también me quedé mirándola en silencio unos instantes. Le quedaban bien el gorro y la bufanda.

—¡Dispara! No quiero que te quedes con ninguna duda sobre mí —dijo ella, al mismo tiempo que levantaba la mano derecha con fingida seriedad—. ¡Juro decir la verdad, toda la verdad y nada más que la verdad!

Luego me guiñó un ojo con su carita de niña traviesa y se echó a reír.

—¡Ja, ja, ja!

Yo me quedé mirándola en silencio. Había tantas preguntas que quería hacerle, que no sabía por dónde empezar.

Supongo que podría haberle preguntado qué hacía una mujer tan joven y tan vital como ella, en compañía de un viejo tan cascarrabias como yo, pasando frío en un café del parque a mediados de febrero.

O quizás le podría haber preguntado si no echaba de menos a su marido, si iba a visitarlo a la cárcel de vez en cuando, si todavía lo quería...

En lugar de eso, le hice otra pregunta:

—Lo que no acabo de entender es por qué los vecinos no querían cuentas conmigo. Cuando me veían, ponían cara de asco. En el ascensor me miraban de reojo y cuando nos cruzábamos por las escaleras ni siquiera me saludaban.

—¡Fácil! —me dijo ella, llevándose la taza de té a los labios con su carita inocente de no haber roto nunca un plato—. Estaban convencidos de que eras tú el que escribía aquellas frases insultantes en el ascensor llamando puta a la vecina del quinto.

—¿Yo? ¡Pero si ni siquiera la conocía! —protesté yo, indignado.

—Los miembros de la secta tenían absolutamente prohibido usar palabrotas. Eran satanistas, pero estaban bien educados —me explicó ella.

Entonces me vino a la memoria aquella vez que mi yerno se dio un martillazo en un dedo mientras colgaba un cuadro en la pared y lo único que dijo fue "¡Corcho!"

"Ya me parecía a mí que aquello no era muy normal...", pensé yo mientras mi vecina de arriba, la mosquita muerta, continuaba con su explicación.

—Ellos sabían que aquellas frases llenas de palabras malsonantes solo las podía escribir alguien de fuera y tú eras el único del edificio que no pertenecía a la secta. ¡Dos más dos igual a cuatro, querido Juan! Para todos ellos, era obvio que eras tú el que escribía esas frases **soeces** (6) en las paredes del ascensor, insultando a la mujer del quinto y a su marido.

—¡Pero yo no lo hice! ¡Yo nunca escribí nada en el ascensor ni en ninguna parte!

—Lo sé —me dijo ella, con su carita de niña traviesa—. ¡Era yo la que las escribía!

Sin dejar de mirarme, Gloria bebió lentamente otro sorbo de té. Estudiaba mi reacción con sus ojos clavados en mí por encima de la taza. La tía quería saber qué cara ponía yo ante la confesión que acababa de hacerme.

Al ver la expresión de sorpresa en mi rostro, se echó a reír.

—¡Ja, ja, ja! No te lo esperabas, ¿eh? Soy más mala de lo que pensabas, ¿verdad?

Mi vecinita no paraba de sorprenderme. Pensé que después de todo había dado en el clavo al llamarla "mosquita muerta". Era un apodo que le iba como anillo al dedo.

Bajo su apariencia de niña inocente y buena de no haber roto nunca un plato, se escondía una niña traviesa y un poco gamberra.

—**¡Vaya con la mosquita muerta!** (7) —exclamé yo, sin poderlo evitar.

Gloria se echó a reír otra vez.

—¡Ja, ja, ja! ¡Te ha salido del alma! —me dijo ella.

—Sí, tienes razón —le dije yo—. ¡Llevaba mucho tiempo esperando el momento oportuno para decirlo!

Entonces nos echamos a reír los dos.

—¡Ja, ja, ja!

No recordaba cuándo fue la última vez que me había reído con tantas ganas. Y ella se dio cuenta.

—Me parece que es la primera vez que te veo reír, Juan.

Probablemente, Gloria volvía a tener razón.

—¿Pero, mujer, a ti qué te había hecho la del quinto? ¿Por qué **la tenías tomada con** (8) ella? —le pregunté yo, todavía desconcertado por la revelación que me acababa de hacer mi vecinita de arriba.

—¡Era la amante de mi marido! ¡La odiaba con toda mi alma! —me contestó ella.

Gloria me dijo entonces que su marido y la vecina del quinto se habían hecho amantes al poco de mudarse al edificio.

Llorando como una Magdalena, me contó que una vez que volvió a casa antes de lo previsto los descubrió juntos en la cama.

Esta escena en el café del parque tuvo lugar hace exactamente nueve meses, dos semanas y tres días. Lo recuerdo muy bien porque aquella misma tarde la mosquita muerta y yo nos dimos el primer beso y al día siguiente me mudé a su piso.

El nuestro es un amor tranquilo, de paseos por el parque y helados de fresa y chocolate; de **hacer manitas** (9) en el cine y de **acurrucarnos** (10) juntos en el sofá delante de la tele, hasta quedarnos dormidos el uno en el otro.

Si lo que busca usted, querido lector, es una historia de loca pasión, sexo salvaje y desenfreno total, búsquela en otra parte. En nuestra vida solo encontrará paz y tranquilidad.

Bueno... ¡Ejem! ¡Je, je!

Así era hasta hace un par de meses. Hace un par de meses, todo cambió...

Gloria y yo estábamos paseando sin prisa por una calle del centro, echando un vistazo a los escaparates de las tiendas, cogidos de la mano como dos adolescentes en su primera cita romántica.

De repente y sin venir a cuento, como hago a menudo, le pregunté si seguía enamorada de su marido. Ella nunca hablaba de él, jamás lo mencionaba y yo me preguntaba si realmente todo había terminado entre ellos; quería saber si no lo echaba de menos, aunque fuera un poquito.

—No, ya no —me contestó ella, mirándome a los ojos con una frialdad que no dejaba lugar a dudas.

Luego, al rato, hablando en voz baja, casi susurrando, añadió:

—Lo que echo de menos es practicar Aki Kiti con él. Mi marido y yo lo hacíamos todos los días. Era una parte muy importante de nuestra vida de pareja.

Recordando los alaridos de placer y los gritos salvajes que escuchaba cada mañana provenientes de su cocina, supuse que se trataba de alguna posición del Kama Sutra.

—Nosotros también podemos hacer Aki Kiti, si tienes ganas —le susurré yo en voz baja, sin atreverme a mirarla a la cara.

Creo que me puse rojo como un tomate. Yo soy un hombre bastante **chapado a la antigua** (11) y me han educado en la idea de que el sexo es algo que se hace en privado, pero de lo que no se habla en público. No me parece que sea necesario hablar de qué se hace ni de cómo se hace algo tan íntimo y personal.

Ella se giró hacia mí y me miró con los ojos como platos.

—¿Sí? ¿Estás seguro? A tu edad, yo pensaba que tú...

—¿A mi edad? ¡Tampoco soy tan viejo, mujer! —exclamé yo, humillado—. ¿Qué tiene que ver mi edad? Sé que no soy un jovencito de quince años, pero todavía...

—Perdona, no quería decir eso... ¡Me encantaría hacer Aki Kiti contigo! —me dijo finalmente, con una sonrisa que me pareció un poco forzada. Seguramente no quería ofenderme.

Aquella misma tarde, mientras ella dormía la siesta, casi de puntillas para no despertarla, me escabullí de casa y **ni corto ni**

perezoso (12) me fui al centro comercial del barrio a comprar un par de calzoncillos nuevos.

En realidad, no me hacían falta. Los últimos que me compré, un poco antes de casarme con Laura, todavía aguantaban bien; sin embargo, habían perdido un poco de elasticidad y color con el paso de los años y yo quería darle a Gloria una buena impresión en la cama o, mejor dicho, en la mesa de la cocina...

Me sentía tan de buen humor y, por qué no decirlo, tan excitado, que decidí comprarme un tanga minúsculo con estampado de leopardo.

Cuando me lo probé en casa, me di cuenta de que me quedaba un poco estrecho y que el hilo del culo era más fino que el hilo dental que yo usaba para lavarme los dientes.

Era perfecto. Muy sexi. Un poco incómodo, pero ¡hey! uno no se pone un tanga para estar cómodo.

Como tenía un poco de **barriguita** (13), no podía ver qué pinta tenía por delante. Mucho menos, cómo me quedaba por detrás.

Entonces fui al baño y me miré al espejo. Vestido solo con aquel minúsculo tanga, tuve la impresión de que era otra vez un niño y estaba en la playa con mi madre. No entendía por qué me sentía así.

Luego me di cuenta de que el problema eran los michelines que me salían a los lados. Era como si llevara **un flotador** (14) alrededor de la cintura. Por eso me sentía como un niño en la playa...

Tenía que reconocer que los últimos años me había abandonado un poco. Comía mal y no hacía ejercicio.

"Jugar al ajedrez no creo que consuma muchas calorías", pensé.

Estaba claro que tenía que cambiar mis hábitos, llevar una vida más saludable, comer mejor, hacer deporte...

Como primer paso, decidí irme a la cama sin cenar aquella misma noche. Cualquier sacrificio me parecía poco para darle una buena impresión a Gloria.

A la mañana siguiente me levanté muy temprano, me duché, me puse el tanga y **un albornoz** (15) blanco que me regaló mi hija un par de años atrás. No lo había usado casi nunca y estaba prácticamente nuevo.

Luego me fui a la cocina a esperarla.

Quizás yo estaba en las nubes, como siempre. O tal vez fue por culpa del ruido de la cafetera. O a lo mejor ella entró caminando de puntillas para no hacer ruido. No estoy seguro, pero el caso es que yo estaba de espaldas y no la oí llegar.

Cuando me di la vuelta, ya era demasiado tarde. La tenía a dos metros y me miraba como si me odiase con toda su alma.

La tía había entrado por detrás de mí, mientras yo estaba distraído preparándome el café.

La primera patada me la dio en la cara, la segunda **en mis partes** (16).

Mi primer impulso fue escapar. Eché a correr tan rápido como pude hacia la puerta, pero la hija de puta me puso **una zancadilla** (17) y acabé en el suelo de la cocina, tumbado boca abajo.

—¡Ahhhhhhhhh! —grité yo al caer.

—¡Levántate! ¡Esto solo acaba de empezar! —me gritó ella. La tía estaba hecha una fiera.

Le hice caso y me levanté. No quería que se enfadara aún más conmigo.

No había terminado de ponerme en pie, cuando, de repente, me dio un puñetazo tan fuerte que me hizo perder el equilibrio y caí hacia atrás. Terminé tumbado boca arriba, encima de la mesa de la cocina.

La cosa siguió así durante unos veinte minutos o media hora. Ella dándome patadas, haciéndome llaves para tirarme al suelo y dándome de vez en cuando un puñetazo en la cara.

Mientras me pegaba, la tía gritaba como una loca:

—¡Yahaaaa! ¡Toma! ¡Zasca!

Yo también gritaba, pero era de dolor.

—¡Ayyyyyyy! ¡No! ¡Ahí no, ahí no! ¡Ayyyyyyyy!

No tardé en comprender que Aki Kiti no debía de ser una postura del Kama Sutra, como yo había supuesto, y que los ruidos que yo escuchaba por las mañanas provenientes de su piso no eran, como yo había imaginado, gemidos de placer, sino de dolor.

La mosquita muerta y su marido haciendo salvajemente el amor como dos degenerados sexuales en la mesa y en el suelo de la cocina, era algo que existía solo en mi imaginación.

Cuando se hartó de pegarme, la tía, sonriendo de oreja a oreja, alzó una mano con los dedos extendidos.

—¡Choca esos cinco! —me dijo.

Yo intenté devolverle el saludo y chocar mi mano con la suya, pero no tenía fuerzas para alzar el brazo.

—Para ser la primera vez que haces de **sparring** (18), no está mal —me dijo ella—. Pero tienes que mejorar tu posición de defensa y proteger mejor tus puntos débiles: cabeza y entrepierna.

Le dije que sí a todo con la cabeza, pero todavía no me atrevía a salir de debajo de la mesa, donde había intentado refugiarme. No me fiaba ni un pelo.

Como yo no acababa de levantarme, al final tuvo que agacharse ella, agarrarme de los brazos y tirar de mí hacia fuera.

—¡Venga, hombre, sal de ahí! **¡No seas gallina** (19)!

Tardé un buen rato en ponerme en pie y un rato aún más largo en recuperar la respiración.

—Mañana quedamos a la misma hora, ¿de acuerdo? —me gritó la tía desde el umbral de la puerta, antes de irse de la cocina.

Intentando forzar una sonrisa, le dije que sí con la cabeza. No me quedaban fuerzas ni para abrir la boca.

Cuando por fin me quedé solo, tuve que sentarme en una silla. Me temblaban tanto las piernas que no podía mantenerme en pie. Pensé que iba a perder el conocimiento y desmayarme allí mismo.

Como puede suponer, querido lector, yo me encontraba totalmente confuso y desorientado.

Me había levantado con la ilusión de hacer el amor con la mosquita muerta en la mesa de la cocina, pero el único contacto "sexual" entre nosotros habían sido dos tremendas patadas en los testículos que me habían dejado KO.

Así llevamos ya más de dos meses. Cada mañana, de lunes a viernes, nos levantamos temprano y antes de desayunar hacemos un poco de Aki Kiti en la cocina, para empezar bien la jornada.

Tengo que decir que, a fuerza de hacer de *sparring*, he aprendido a defenderme mejor. Nuestros combates no son tan desiguales como antes y ya no acabo tan hecho polvo como el primer día.

A pesar de todo, como ya he dicho, soy moderadamente feliz y no cambiaría a la mosquita muerta por nada ni por nadie.

De vez en cuando abro el buzón y me encuentro una carta anónima, sin remitente, con solo un mensaje dentro escrito con recortes de periódico, como en las películas.

Los mensajes son siempre los mismos:

NO SE FÍE.
ELLA NO ES LO QUE PARECE.
ES UNA MENTIROSA.

No sé quién me escribe estas cartas. Probablemente alguien que no soporta vernos felices a los dos.

Me da igual. Yo no hago caso. Las rompo en mil pedazos, las tiro a la basura y sigo adelante con mi vida.

FIN

Vocabulario Epílogo

(1) **El codo:** la "rodilla" del brazo.

(2) **Soltar:** en este contexto, decir algo que se mantenía en secreto o que quizás no es apropiado.

(3) **A no ser que:** excepto que, salvo que, a menos que.

(4) **Me importa un pimiento:** me da igual, no me importa.

(5) **Los papás:** en este contexto, se refiere a los padres (tanto al padre como a la madre).

(6) **Soeces** (en singular, soez): maleducado, grosero.

(7) **¡Vaya con la mosquita muerta!** Esta expresión se usa cuando una persona, que parece buena e inocente, de repente hace algo "malo" de forma inesperada.

(8) **"¿Por qué la tenías tomada con ella?"** La expresión "tenerla tomada" (con alguien) se usa cuando se acosa o se hace algo para molestar a una persona de manera regular, de forma repetida.

(9) **Hacer manitas:** cuando dos personas que están enamoradas se acarician las manos mutuamente.

(10) **Acurrucarnos:** el verbo "acurrucarse" quiere decir encogerse para protegerse del frío. En este caso, dos personas (Juan y Gloria) se acurrucan juntas.

(11) **Chapado a la antigua:** de mentalidad o de costumbres antiguas y pasadas de moda.

(12) **Ni corto ni perezoso:** con determinación, sin pensarlo demasiado.

(13) **Barriguita:** forma coloquial de referirse al estómago (la barriga). A veces, como en la historia, se usa de forma irónica cuando estamos muy gordos.

(14) **Flotador:** las personas que no saben nadar pueden ponerse un flotador alrededor de la cintura para bañarse en el mar o en la piscina.

(15) **Albornoz:** prenda de ropa que nos ponemos después de la ducha.

(16) **Mis partes:** los órganos genitales.

(17) **Una zancadilla:** poner un pie entre las piernas de una persona que está corriendo para hacerla caer al suelo.

(18) **Sparring:** persona con la que se entrena un boxeador para preparar un combate.

(19) **"¡No seas gallina!"** Ser gallina es ser cobarde, ser una persona miedosa.

Fin de

VECINOS DEL INFIERNO

CURSOS DE ESPAÑOL CON HISTORIAS

Espero que te haya gustado Vecinos del infierno.

Si te gusta aprender español con historias, recuerda que también puedes hacer nuestros cursos online. Nuestros cursos de español están basados en historias para ayudarte a aprender en contexto, de una manera natural y divertida.

Para ver nuestra oferta de cursos online, visita nuestra página web:

www.1001reasonstolearnspanish.com

TU OPINIÓN EN AMAZON

Si crees que leer este tipo de historias es útil para aprender español, por favor, deja tu valoración de Vecinos del infierno en Amazon y, si es posible, escribe un comentario con tu opinión.

Leo todos los comentarios de mis lectores con mucho interés y, por supuesto, tu opinión será muy útil para ayudar a otros estudiantes de español a decidir si este libro es adecuado para ellos o no.

¡Muchas gracias!

Juan Fernández

Printed in Great Britain
by Amazon

79426005R00146